TRAFALGAR

My tailor is crazy

DU MÊME AUTEUR

DANIEL DEPLAND

TRAFALGAR

My tailor is crazy

BERNARD GRASSET

PARIS

à C.D.T.

PROPOS AVANT
SANS MARCHE ARRIÈRE

Constitué à partir d'articles de la presse britannique, ce livre ne prétend nullement analyser ou juger la situation de la Grande-Bretagne en cette fin de siècle.

Il n'est qu'un reflet des dérives qui n'épargnent aucun pays européen ; il n'est que l'écho des « bruits et des fureurs » entretenus par les médias face au délire qui semble secouer Albion tout entière, à tous les niveaux et dans tous les domaines.

Quoi qu'il leur arrive, quoi qu'ils fassent, nos cousins d'Outre-Manche nous étonneront toujours.

Déstabilisés ou non par « les coups de Trafalgar » surréalistes qu'ils subissent ces temps-ci, ils n'en gardent pas moins, s'ils nous font sourire, l'aura de la nation que nous détestons tant admirer.

Si les British n'existaient pas, il faudrait les inventer.

LA POLITIQUE ?
DEMANDEZ LE PROGRAMME !

pas d'histoire, on déboulonne !

« Si on flanquait Papy par terre ? », pourrait être le nom d'un nouveau jeu de société du dernier chic. La règle de ce jeu est simple, mais non moins rigoureuse : dénigrer systématiquement Winston Churchill.

Comme dans tout jeu, il y a des gagnants. Le dernier en date s'appelle Clive Ponting avec une biographie du « gros homme au gros cigare » qui ébahit les plus malveillants.

Qui serait à la base du racisme en Angleterre ? Churchill ! Qui, la cause de la division entre les classes sociales ? Churchill ! Et à l'origine du déclin national ? Toujours lui ! Si Albion travaille aujourd'hui du chapeau, pourquoi ne serait-ce pas aussi la faute du légendaire galurin de Churchill ?

Le rôle même, pendant la deuxième guerre mondiale, de l'auteur du célèbre : « We shall never surrender ! » (ce n'est pas le titre d'une chanson, mais la promesse faite par Churchill au pays en lutte contre l'Allemagne nazie : « Nous ne nous rendrons jamais ! ») est minimisé. « Trop de bourdes, soupire

Clive Ponting sans désarmer. Trop d'erreurs de jugement. »

Il est curieux que Clive Ponting omette de citer la réflexion cinglante de Churchill à propos du Général de Gaulle en 1942 : « De Gaulle est un tel combattant que non content de lutter contre l'Allemagne, l'Italie et le Japon, il veut aussi lutter contre l'Angleterre et l'Amérique. » Mais de Gaulle ne vaut sûrement pas mieux que Churchill aux yeux de Clive Ponting.

Plus badin est le ton d'un autre chercheur de noises à propos d'une bourde churchillienne, mais la bourde n'est pas plus conséquente qu'un pet.

A la grande stupéfaction de ses conseillers, Churchill annonce qu'il s'exprimera en français lors de la séance d'ouverture du Conseil de l'Europe à Strasbourg. « Ne vous inquiétez pas, leur déclare-t-il devant leurs mines horrifiées, je dirai simplement que lorsque je me retourne sur mon passé, je le vois divisé en deux grandes parties, avec une guerre au centre de chacune. »

Arrivé à Strasbourg, Churchill monte à la tribune et commence à répéter en français la phrase prévue, mais en la traduisant mot à mot : « Quand je regarde dans mon derrière, lance-t-il, je le vois divisé en deux grandes parties... », et son micro, mystérieusement, cesse de fonctionner.

Et qui donc déterre un vieux rapport d'école où le jeune Churchill est décrit comme « un garçon dont le comportement querelleur porte sur les nerfs

de tout le monde » ? Nulle autre que Celia Sandys,
la propre petite-fille de Churchill.

Seul John Gibson, le valet de Churchill, rend à
son ancien maître des traits, disons, humains, en
nous permettant de pénétrer dans son intimité. Une
mine de réjouissantes petites indiscrétions :
   Ainsi apprend-on que Churchill ne fumait que la
moitié de ses cigares, car il réservait l'autre moitié
à son jardinier qui bourrait ensuite sa pipe avec...
   Et aussi que Rufus, son caniche, avait une si mauvaise haleine que Churchill exigeait qu'on lui bros-
sât les dents tous les matins...
   Ou encore que Churchill et sa femme Clémentine communiquaient surtout entre eux par des
miaulements. « Miaou ? » (« Puis-je entrer ? ») miaulait Clémentine devant la porte de leur salle de bain.
« Miaou ! » (« Entre ! ») miaulait en retour son
époux.

Vu le vent mauvais qui souffle sur sa mémoire, il
est étonnant qu'aucun psychiatre n'ait encore passé
à la moulinette freudienne le Churchill tourmenté,
au cours de sa jeunesse, par un amour qui n'était
pas réciproque.
   « Vous êtes, écrit le futur prix Nobel de littérature
à la dame de ses pensées, aussi hautaine, aussi brillante et, hélas, aussi froide qu'un sommet couvert
de neige... »
   « Etait-il impuissant ? », se demanderont ses
détracteurs.
   Quoi qu'il en soit, c'est aux femmes que Chur-

chill doit ses meilleurs mots (étonnant aussi que l'horizon ne soit pas encombré de féministes en armes).

A la fin d'un dîner, une femme du monde ne cache pas son dégoût pour le grand homme noyé dans son cognac. « C'est répugnant, lui dit-elle, vous êtes ivre ! » « En effet, lui répond Churchill, je suis ivre et vous, vous êtes laide ! Mais moi, madame, demain je serai sobre ! »

Un autre jour, lors d'un débat houleux à la Chambre des Communes, Churchill est apostrophé par Lady Astor, l'une des premières femmes élue au Parlement. « Vous êtes un homme horrible ! lui crie-t-elle. Si j'étais votre épouse, je verserais du poison dans votre café ! » « Et moi, madame, lui rétorque Churchill, si j'étais votre époux, je le boirais ! »

Churchill ? Misogyne ? Comment savoir exactement puisqu'il n'a jamais eu affaire à Margaret Thatcher ?

et dire qu'elle est tombée avant ses dents

Les analystes politiques vont se coucher avec 40° de fièvre : ce n'est pas la « Poll Tax » (inique taxe d'habitation frappant chaque sujet d'une même maison) qui a provoqué la chute de Margaret Thatcher, ce sont ses dents !

Etaient-elles trop longues ? « Là n'est pas la question », vous répondrait Michael Silver, l'éminent dentiste qui développe la théorie dans une revue.

Bon ! Examinons une radiographie de la dentition de la Thatcher prise en 1980. Que remarquons-nous ?... Absolument ! La dame de fer a les dents de devant qui se chevauchent, c'est pourquoi elle rugit parfois comme le lion de la Metro Goldwyn Mayer, ce qui nuit à son image de marque.

« Oh Maggie Maggie ! la supplient ses conseillers, il faut nous arranger ça ! » Comme toute ogresse qui se désespère de se montrer rassurante, faute de quoi elle n'aura bientôt plus rien à se mettre sous la dent, Maggie obtempère. Pour son malheur !

« A partir de 1988, écrit Michael Silver, sa voix commence à perdre de l'assurance et la résonance profonde de sa tonalité dégénère peu à peu jusqu'à n'être plus qu'une sorte de glapissement ! »

Très bien, docteur, mais vous ne nous dites pas pourquoi... Patience !

« Tout enfant, explique Michael Silver, acquiert très tôt un sens très personnel de son équilibre en fonction de la disposition de ses lèvres, de sa langue et de ses dents. Mais qu'on modifie plus tard un tant soit peu cette disposition, l'équilibre de tout le système s'en ressent et (nous y voilà) le bon sens de la personne en est gravement affecté ! »

C.Q.F.D. : tout le monde était persuadé, les mois qui ont précédé sa chute, que Maggie était tombée sur la tête, eh bien non, c'était sur les dents ! (juste retour de bâton quand on n'a pas hésité, comme elle, à supprimer les check-up gratuits chez le dentiste).

Qu'est-ce qui porte au rouge la dame, à présent baronne de fer, à la vue de Norma Major, l'épouse du Premier ministre, exhibant un collier en diamants dont elle avait l'exclusive jouissance du temps où elle sévissait au 10 Downing Street ? Une rage de dents ? Ou bien l'impression de voir sa bonne se pavaner avec ses bijoux pendant son absence ?

Frappée d'amnésie sous le choc, Maggie se croit toujours maîtresse des lieux et somme John Major, son ancien valet, de prier sa femme de ranger sur-le-champ ce collier là où elle l'a pris et de porter les babioles qui lui vont mieux au teint.

Major reste-t-il pétrifié au garde-à-vous à l'autre bout du fil ? A l'époque où il était Chancelier de l'Echiquier (ministre des Finances) de Maggie, l'équipe de « Spitting Image » (l'équivalent du « Bébête-show ») le représentait avec une antenne vissée sur le crâne, transformé en robot téléguidé par sa terrible patronne, mais « l'engin », par trop malmené, ne cessait de se détraquer ! Moins malléable depuis son irrésistible ascension, dear John ose répliquer à dear Maggie que le collier a beau lui avoir été offert par un leader arabe, il n'est pas sa propriété personnelle mais celle de l'Etat. Maggie, bien entendu, en a une attaque d'apoplexie. Et le naturel revenant au galop, John cède à ses vieux réflexes de valet soumis : « Pardon, Maggie ! Ça ne se reproduira plus Maggie ! »

Pas de collier pour Norma ! Mais quelle idée d'avoir voulu se parer des plumes du paon !

En vérité, les cadeaux faits à tout Premier Ministre en exercice par des dignitaires étrangers sont, en général, vendus aux enchères au profit d'œuvres de charité. Apprenez ainsi qu'un bol en verre offert à Thatcher par François Mitterrand a été adjugé pour deux malheureuses livres (18 francs environ), tandis que la gigantesque mappemonde offerte également par le Président « languirait », faute d'acquéreur, dans les sous-sols du 10 Downing Street !

Il est bien connu qu'on a souvent tendance à dénoncer chez les autres le principal défaut de son propre caractère. Interviewée à la télévision, lors de la publication de ses Mémoires, la Grande Margaret se met soudain à évoquer « les Grands » (entendez par là les « piliers » du parti conservateur qui ont eu sa peau). « Les Grands !, s'exclame-t-elle, avec les intonations d'une Lady Macbeth qui a plus d'un poignard dans son sac. Qu'est-ce que les Grands ? » Pause — courroux jupitérien dans le regard qui défie l'œil de la caméra — tombe la foudre thatchérienne dans un silence de fin du monde : « Vanité ! Vanité ! »

Autant parler de corde dans la maison d'un pendu. Partout où elle passe (l'humilité trépasse, est-on tenté de dire), la Grande Margaret, drapée dans les falbalas de Britannica (« appelez-moi donc Grande-Bretagne ! »), laisse derrière elle le souvenir impérissable d'une femme plus sûre de son infaillibilité que ne l'a jamais été aucun pape.

En tournée en Amérique du Sud, elle évite

l'Argentine, consciente d'incarner la guerre des Malouines. Mais toujours magnifique, elle décerne au passage un accessit d'excellence au « petit » Carlos Menem, le président en place, pour « avoir remis de l'ordre dans la maison d'Argentine ». « Grâce à moi et à la défaite militaire que je lui ai infligée, pérore-t-elle avec délicatesse, le pays connaît aujourd'hui un semblant de démocratie » (ce qui ne l'empêche nullement, une fois au Chili, de déjeuner yeux dans les yeux avec le général Pinochet).

Sans doute la vanité ne paie-t-elle pas plus que le crime. Qu'est-ce qui frappe avant tout les Américains du Sud ? Non point ses propos sur les bienfaits des privatisations, ni même ses Mémoires, mais les tenues vestimentaires dont elle change toutes les deux heures.

La Reine Victoria, raconte-t-on, se plaignait souvent de Gladstone, chef du parti libéral et trois fois Premier ministre. « Il me parle, disait-elle, comme si j'étais le public d'un meeting ! »

On ignore de quelle façon Margaret Thatcher parlait à la Reine Elisabeth. On peut seulement supposer que le « Nous » royal employé par Thatcher à la fin de son propre règne ne devait guère améliorer ses rapports, déjà tendus, avec la souveraine.

« Eh oui ! se rengorge-t-elle sur le seuil du 10, Downing Street, avec dans les bras le rejeton de son fils Marc. Nous sommes grand-mère ! »

Parions que ses dents commençaient à lui travailler la tête !

oh John !

— Un terrier ? Vous n'y êtes pas !
— Un chien de cirque ?
— Allons donc ! Il est incapable d'apprendre les tours qu'on lui demande d'exécuter en public.
— C'est vrai, il ne sait même pas aboyer.
— Il tient plutôt du lapin.
— Mais il voudrait se faire passer pour un lièvre.
— Sans y parvenir.
— Comme pour le reste.
— Le visage de l'insignifiance.
— Grisâtre.
— Plus terne que les costumes qu'il porte.
— Sans vision.
— Il utilise ses lunettes en guise de bouclier.
— Tout ce qu'il touche tombe en poussière.
— Ou alors, il tache.
— Il tache ?
— Comme les vins les plus ordinaires.
— Qui va payer la note du pressing ?
— Nous !

Du moindre vermisseau au plus gros dinosaure du parti conservateur, pas un qui ne sème son cri ou son chuchotement dans les corridors du pouvoir : « Haro sur John le baudet ! »

« Le plus gros problème de John Major ? résume Sir Bernard Ingham, ancien conseiller de presse de Thatcher qui ne craint pas les lapalissades. Son propre parti ! »

« Et à l'étranger ? Comment est-il perçu ? » s'inquiètent les nostalgiques de l'Empire. N'en parlons pas ! Un exemple ?

Hashemi Rafsandjani, Président de la République Islamique d'Iran, averti que John Major soupçonne les imams d'être à l'origine des attentats commis à Londres contre les intérêts israéliens, a l'air surpris : « John qui ? »

d'un bordel l'autre

John Major, en apprenti sorcier, appuie sur le bouton « Morale », puis sur le bouton « Famille », et lance son cri de guerre : « Back to basics ! » (en gros : « Retour aux valeurs victoriennes ! »).

Aussitôt lancé, son cri de guerre lui revient en pleine figure comme un boomerang. Tous les squelettes salaces, à l'abri dans buffets ministériels et armoires de députés conservateurs, semblent se donner le mot pour sortir à la queue leu leu sur la place publique. Et Major a soudain l'air d'un fantoche asexué placé sans le savoir à la tête d'un joyeux lupanar.

David Mellor, ministre de la Culture, inaugure de la sorte un festival de sketches à la Feydeau en soutenant à « corps perdu » la carrière flageolante d'une Antonia de Sancha, comédienne à laquelle il offre son meilleur rôle avec celui de « suceuse d'orteil ». Mais c'est lui qui est contraint de sortir de scène — exit David Mellor !

Quelques jours plus tard, Steve Norris, ministre des Transports, abat son jeu avec en main un poker de maîtresses. Comme il est déjà séparé de sa femme légitime, la chance ne le plaque pas. Hypocrisie oblige — il garde son portefeuille, libre de se conduire en tricheur libidineux en glissant une sixième maîtresse dans son jeu s'il en a envie.

Père de neuf enfants — cinq avec son épouse auxquels il réserve ses week-ends, et quatre avec sa secrétaire auxquels il consacre le reste de la semaine —, que fait Tony Marlow, député tory ? Il dénonce avec virulence « le scandale qu'est la polygamie pratiquée par certains émigrés ».

Aussi inconscient, Tim Yeo, secrétaire d'État à l'Environnement, a la brillante idée de monter le projet d'une chasse aux filles-mères, vilaines pompeuses des deniers de l'Etat. Il a tort ! On découvre aussitôt qu'il se promène beaucoup le dard au vent, et a semé plus d'un bâtard dans son sillage, laissant sur le carreau plus d'une mère célibataire — exit Tim Yeo !

Pris de panique, Gary Waller, député tory, préfère admettre, avant d'être épinglé par la presse et de sombrer dans la dépression, qu'il a un enfant illégitime avec une secrétaire de la Chambre des Communes — bye bye, Gary Waller !

Le lendemain ou le surlendemain, David Ashby, autre député tory, s'enferme dans une auberge de campagne en compagnie d'un monsieur avec lequel il a partagé — « par économie », affirme-t-il — le même lit. Mais pourquoi jure-t-il, au bord de la crise de nerfs, qu'il ne se passe rien entre lui et ce monsieur ?

Pendant ce temps, Michael Brown, tory également et fringant « whip officer » (député chargé d'assurer la discipline au sein du groupe parlementaire), prend soin de se faire photographier, avec une ostentation suspecte, aux côtés d'une fort jolie jouvencelle supposée être « sa girl friend ». Mauvais calcul ! On s'étonne de tant d'embarras, on enquête, et on apprend qu'il partage un gigolo avec un fonctionnaire du ministère de la Défense — bye bye, Michael Brown !

Et alors qu'on ne lui demande rien pour la bonne raison qu'il n'intéresse personne, Hartley Booth, dont le seul mérite est d'occuper le siège de député abandonné par Thatcher, pose sa tête sur le billot, et invite ses électeurs à la lui trancher, trémolos dans la voix : « Honte à moi ! J'ai flirté avec Miss Barr ! » (un ancien modèle qui posait nue pour les étudiants des Beaux-Arts).

Les flingueurs de la presse en ricanent encore : « Il a démissionné pour n'avoir rien fait ! »

Mais qui se profile à l'horizon habillé en bergère avec un mouton en laisse ? C'est le très respectable John Marshall, député tory lui aussi.

N'ayez pas mauvais esprit. John Marshall s'est attifé de la sorte pour une œuvre de charité.

On respire !

Soudain, les résonances d'un coup de fusil couvrent tous les autres bruits à travers les médias. La comtesse de Caithness vient de flinguer la carrière de son comte infidèle, secrétaire d'Etat aux Transports, en se flinguant. Feydeau dérape dans le sang et ça fait désordre. Le rideau tombe sur un silence embarrassé.

Le rideau relevé après un court entracte, beaucoup se pincent pour être sûrs qu'ils ne rêvent pas. Stephen Milligan, encore un député tory, gît nu, en bas de femme, sur la table de sa cuisine, la main droite prise dans un autre bas, la tête enfouie sous un sac en plastique noir (une orange entre les dents). Un cordon enroulé autour de son cou est relié à ses jambes, elles-mêmes liées par un deuxième cordon.

Verdict : mort accidentelle (ou comment s'étrangler de plaisir). Voilà ce qui arrive quand on tire trop sur la corde.

Une façon détournée de donner sa démission ?

Comme au cirque, après un fatal incident, le spectacle continue. La semaine suivante, James Rusbridger, ancien agent secret de Sa Majesté, remplace Stephen Milligan pour réitérer le numéro du « dernier orgasme in London ».

A deux différences près : Rusbridger préfère la

pendaison ; et il est beaucoup beaucoup plus habillé ! Non content d'avoir endossé une combinaison anti-bactériologique, il a enfilé par-dessus une salopette verte, et craignant sans doute les courants d'air, il a mis en plus un ciré noir en plastique, le tout serré à la taille par une chaîne verrouillée à l'aide d'un cadenas. Il portait en outre d'épais gants en caoutchouc et un masque à gaz de la deuxième guerre mondiale.

Scotland Yard penche pour la thèse du suicide.

Par pruderie ?

Loin d'être une vertu, la pruderie serait plutôt la manifestation du refoulement, un mal dont ne souffrent pas assez, selon les dires d'un ronchon, les marins de la Royal Navy depuis que les femmes sont admises sur les navires de guerre.

Destroyers et croiseurs auraient désormais le statut de bordels flottants où ne résonnent plus que bruits de copulation et soupirs retenus.

Pendant la guerre du Golfe, s'indigne le ronchon, un pilote d'hélicoptère aurait été surpris dans le plus simple appareil, agenouillé sur une couchette face à l'une de ses petites camarades, nue également. Un romantique rayon de soleil avait l'outrecuidance de filtrer à travers un hublot. Bref, les tourtereaux, au lieu de faire la guerre, faisaient l'amour « comme s'ils avaient été sur un yacht ! »

« Les grossesses, enchaîne le ronchon, sont presque aussi perturbatrices que des exocets apparaissant soudain à l'horizon ! »

Mutinerie amoureuse ? Un second maître, dans

le port du Pirée, inhibitions envolées sous l'empire de l'ouzo, n'y tient plus et mord le derrière du sous-lieutenant Selina Lamb — pas une, mais deux fois ! La mordue en devient-elle enragée ? Non, c'est plutôt le ronchon, exaspéré par la légèreté de la punition infligée au coupable : deux points de bonne conduite en moins.

« Autrefois, battre un officier vous valait la corde, souligne-t-il, écume aux lèvres. Aujourd'hui, mordez le derrière d'un officier — qui plus est, le derrière parfumé d'une dame-officier — et vous vous en tirez avec une simple réprimande ! »

La Royal Navy, comme le Gouvernement, est-elle menacée par les liaisons torrides qu'elle abrite en son sein ?

Dans la catégorie « Dangerous liaisons », un jury composé de pervers attribuerait sûrement son Phallus d'or à la vénéneuse Lady Buck.

Cocotte empanachée d'origine espagnole, elle s'invente un pedigree irréprochable pour s'introduire dans la société anglaise, épouse Sir Antony Buck qui présente le double avantage d'être vieux et riche, puis s'empresse de l'enfermer dans un grenier. « Pour avoir la paix », dira-t-elle ; et aussi le loisir de séduire Sir Peter Harding, incapable de se défendre contre la trop charmante entreprenante malgré sa longue expérience de chef d'Etat major de l'Armée — la contagion gagne ! D'ailleurs c'est là que le bât blesse, car Sir Peter est considéré, en raison de ses responsabilités, comme « un sujet à risque pour la sécurité du pays ».

Une aubaine pour la lady qui compte gagner un peu d'argent de poche au passage :

Allô ? Les « News of the World » (titre d'un journal à scandale) ? Ici, Lady Buck ! Est-ce que par hasard mes galipettes avec le Big Boss de tous les James Bond vous intéresseraient ? But of course, milady ! Et combien demandez-vous, milady ? 75 000 livres (680 000 francs environ) ? Affaire conclue !

En plus de « bavarder », la traîtresse, pour remplir l'une des clauses de son contrat, tend un guet-apens à Sir Peter en lui donnant rendez-vous au Dorchester — où surgissent photographes et autres prédateurs dès que la belle tarentule se jette au cou de sa victime.

« J'ai décidé de parler, explique-t-elle ensuite, avec le sérieux d'un membre de l'Armée du Salut, pour éviter une catastrophe. Si mes révélations ont ruiné la carrière de Sir Peter, elles lui ont peut-être aussi sauvé la vie ! »

Au suivant ! Ayant perdu, dans cette histoire, mari et amant, notre ange court empoisonner l'existence d'un confortable marchand de tableaux, qui l'épouse, et aussitôt ruiné, doit abandonner sa galerie de Belgravia. Mais nul ne sait si le marchand a suivi ou non les conseils de la délicieuse créature en exposant, avant de fermer boutique, des sacs de vomis !

« Comment peut-on accorder sa confiance, moralise un observateur, à une lady qui porte un chapeau après six heures du soir ? »

La politique ? Demandez le programme !

Avec ou sans chapeau, Alan Clark, homme politique influent, autrefois favori et confident de Margaret Thatcher (dont il aurait volontiers, de son propre aveu, pincé les fesses), est bien le seul à entretenir le scandale dont il est l'objet.

Amant de la femme d'un juge et aussi, pourquoi s'arrêter là, de ses deux filles, Alan Clark sème dans son « journal » ambiguïtés et troubles allusions au sujet de « sa bande de sorcières » (ainsi les appelle-t-il), et il publie le tout !

La presse, elle, se contente de peaufiner le vaudeville dont il reste le héros en imprimant les commentaires des intéressés.

« Un animal dépravé », gémit la femme du juge. « Si je le rencontre, je le fouetterai ! » s'écrie le juge avec superbe.

En Anglaise qui connaît les codes de son milieu sur le bout des doigts, Mrs Clark garde la tête froide : « Voilà ce qui arrive quand on s'amuse à coucher avec des gens en dessous de sa condition ! »

Mais Alan Clark sera puni, privé de « titre » comme on est privé de dessert : jamais la Reine n'anoblira un aussi chaud lapin, tout à fait capable de vouloir sauter la casserole où on comptait le faire sauter.

Restons dans les casseroles pour en finir avec cette succession de plats trop épicés qui donnent la colique à tout l'Establishment.

Qui l'eût dit, John Major lui-même est accusé de fricoter. Avec qui ? La cuisinière du 10 Downing Street !

En lisant dans les journaux que le Premier ministre l'aurait goûtée autant que ses plats, Mrs Cordon Bleu manque s'évanouir d'horreur, ce qui n'est pas flatteur pour Major. En tout cas, on est certain qu'elle ne lui a refilé aucune recette pour gouverner.

Réflexion faite, presque tout le monde tombe d'accord : il doit s'agir d'un coup monté, histoire de donner un peu de piquant à l'image fadasse de Major. Du coup, son enthousiasme pour les valeurs traditionnelles, trop difficiles à réchauffer, lui passerait. Tant mieux pour lui. Il suffirait qu'il insiste pour qu'on apprenne que les membres de son Cabinet se shootent à l'ecstasy.

On est quand même loin de l'ère victorienne durant laquelle on dissimulait, dans certaines maisons, les pieds des pianos pour éviter d'éveiller tout désir charnel.

blancs mensonges et noires vérités

William Waldegrave, Guignol d'Etat qu'on voit, d'une année à l'autre, jouer au ministre sous différentes casquettes, cherche des bâtons pour se faire battre (on ne lui connaît pourtant aucun vice particulier) en lançant un avis à la Chambre des Communes : « Il est parfois nécessaire de mentir un peu ! »

A force de mentir « un peu », ne ment-on pas, en définitive, « beaucoup » ? « Ça m'est égal de mentir, écrivait Samuel Butler en toute sérénité, mais je hais l'imprécision. »

Waldegrave devrait-il en tirer une leçon ? Cynique, l'un de ses confrères se passe de Samuel Butler pour lui en donner une : « Le pauvre ! Il a la malheureuse habitude de dire la vérité plus que ce n'est bon pour lui. »

Des secrétaires d'Etat seraient-ils menteurs comme des arracheurs de dents ? On vient de s'apercevoir que l'un d'eux était dentiste à mi-temps !

John Major, lui, préfère changer de vérités comme on change de tenue ce qui ne change rien à son air de naufragé livré aux caprices des courants.

Un citoyen exaspéré, Mister Trevor Parker, ne lui décerne pas moins la palme du mensonge en dressant la liste de ses dérives les plus flagrantes de bateau même pas ivre :

« Nous baisserons les impôts », promet Major avant d'être élu ; il est élu ; et les impôts augmentent comme jamais auparavant.

« Pas de T.V.A. sur l'électricité ni sur le gaz », jure Major ; il dénonce les Travaillistes qui en doutent comme des « alarmistes hystériques » ; et les notes de gaz et d'électricité se révèlent de plus en plus salées.

Major invite la nation à se serrer la ceinture, et demande à ce que les salaires dans le service public « n'enflent » pas plus de 1,5 % ; « Je crois, dit-il, que

chaque citoyen britannique qui a l'instinct de ce qui
est juste, comprendra cela » ; et on découvre que les
hauts fonctionnaires bénéficieront de 8 % d'augmentation.

« Abandonner le serpent monétaire nous condui-
rait à un désastre économique », affirme Major ;
beaucoup le croient ; et les jours suivants, « on se
retire du Système », non sans proclamer que c'est
la voie de la sagesse.

« La seule idée de parlementer avec l'I.R.A. me
révulse », déclare Major ; on l'approuve ; et on
apprend que des tractations secrètes ont lieu depuis
longtemps avec les terroristes — mais Gerry
Adams, le président du Sinn Féin (l'aile politique
de l'I.R.A.), ne traite pas Major de menteur, seulement d'idiot !

« Après tout, disait Byron, qu'est-ce qu'un mensonge sinon une vérité déguisée ? »
Major n'est pas Byron. Tant pis pour lui.

incidents de parcours

Pendant que le Gouvernement met sur pied une
série de mesures pour contrecarrer les discrimina-
tions à l'encontre des handicapés, Peter Liley, secrétaire d'Etat aux Affaires sociales, rame pour faire
annuler par la Cour d'Appel la décision de verser
une allocation à une femme sourde de naissance.

Il faut dire que Peter Liley est lui même sourd, et même fermé, à toute compassion.

Neil Hamilton, ministre du Commerce, et Tim Smith, sous-secrétaire d'Etat pour l'Irlande du Nord, sont victimes d'un autre handicap : ils ne perçoivent que le bruit de l'argent, et monnayent leurs interventions au Parlement (22 au total payées 2 000 livres chacune — 18 000 francs environ) en faveur du propriétaire d'Harrods en litige avec l'Etat.

Seraient-ils « sourds comme des pots-de-vin » ?

Cedric Brown, président-directeur général de British Gas, compagnie privatisée, s'estime si efficace qu'il en a assez de gagner un salaire de misère : 200 000 livres par an, de qui se moque-t-on ? Il s'octroie en conséquence — pourquoi lésiner — une augmentation de 75 % ! et touchera désormais un salaire annuel de 475 000 livres (à peu près 4 300 000 francs).

Les protestations sont telles qu'il en devient sourd lui aussi, si sourd qu'il n'hésite pas, les jours suivants, à réduire les salaires et les congés des employés de la Compagnie qu'il juge surpayés et trop avantagés !

British Railways, la compagnie des chemins de fer britanniques, elle, reste sourde aux plaintes de ses usagers, réduits à s'écrier en vain : « C'est diabolique ! »

En automne ? Gare aux feuilles mortes ! Elles

pourrissent sur les voies et risquent de faire patiner les roues des trains — départs annulés !

En hiver ? Gare à la neige ! Si elle est trop poudreuse, elle perturbe le système de freinage des trains — départs annulés !

Au printemps ? Gare aux vaches paresseuses qui aiment se coucher en travers des voies — départs retardés !

Faut-il attendre l'été pour voyager ? Tout dépend des conducteurs de train, car il se pourrait qu'ils disparaissent une minute avant le départ sans laisser de traces, ou bien, comme cela est déjà arrivé à l'un d'eux, qu'ils soient si gros à leur retour de vacances que leur embonpoint les empêche de pénétrer dans la cabine de la locomotive.

Le Gouvernement, pendant ce temps, ne pense qu'à « privatiser les voies ».

Les hommes politiques déraillent plus souvent que les trains.

Patrick Nicholls, vice-président du Parti conservateur, exécute même un vol plané en affirmant que « les seuls mérites » de l'Allemagne sont d'avoir plongé l'Europe dans deux guerres mondiales, et que la France est « un pays de collabos ». Retombé sur ses pattes, Patrick Nicholls se retrouve sur une voie de garage.

Cela dit, il y a des jours où il vaut mieux être sourd.

« Que peut-on avoir aujourd'hui, ironise Rory Knight Bruce dans l'« Evening Standard », pour

16 millions de livres (150 millions de francs environ) ? Vraiment beaucoup de petits fours — mais sûrement pas de caviar ! »

Le journaliste fait allusion au budget annuel de l'ambassade de Grande-Bretagne à Paris. Le crépitement des machines à calculer du Trésor est arrivé jusqu'aux oreilles (très fines par moments) des honorables membres du Parlement, et ceux-ci exigent une enquête sur les dépenses « impériales » de l'ambassade.

A l'idée de devoir quitter un jour les bâtiments de la rue du Faubourg-Saint-Honoré (vendus en 1814 par Pauline Borghèse, la sœur de Napoléon, au duc de Wellington), le personnel en perd son langage diplomatique, tout en s'attendrissant sur les fastes d'un âge révolu — ah ! comment oublier la fête au cours de laquelle Benny Hill supplia qu'on le laissât utiliser le lit de Pauline Borghèse comme trampoline !

« Si nous déménageons, argumente l'ambassadeur, Sir Christopher Mallaby, les Français se moqueront de nous, et c'est simple, ils ne se rendront plus à nos réceptions ! »

Qui aura le dernier mot, ou plutôt, qui saura le mieux faire la sourde oreille ?

A propos de dernier mot, Lord Carrington, ancien ministre des Affaires étrangères, raconte comment le personnel d'une ambassade, exaspéré par l'ambassadeur obsédé par le protocole, prit sa revanche.

Selon le protocole, en effet, tous les télégrammes expédiés au Foreign Office doivent être rédigés à la première personne du singulier, comme si l'ambassadeur lui-même les composait en son nom propre. Et l'Excellence en question se montrait plus que tatillon sur ce point. Or, les circonstances permirent un jour au personnel d'envoyer le télégramme suivant : « J'ai le regret d'informer que je suis tombé dans la cage d'ascenseur et que je suis toujours inconscient. »

Pourquoi Sir Christopher Mallaby n'expédierait-il pas le même télégramme au Parlement ?

ces dames des Communes

« Pouffiasse dirigeante » ou « Pépée flingueuse » ? Tels sont les nouveaux stéréotypes, selon Ginny Dougary, journaliste à « Times Magazine », auxquels les femmes qui tiennent le haut du pavé dans les médias et la publicité ne peuvent plus échapper.

Pas la moindre « appellation contrôlée » pour les femmes politiques ? Chacune crée sa propre légende, en rouleau compresseur insensible aux sarcasmes des « cochons sexistes ».

Edwina Currie, député conservateur, fait sensation grâce à la solution miracle qu'elle offre aux gens qui gèlent de froid en hiver, faute d'avoir les moyens de se chauffer : « Qu'ils se tricotent des pull-overs ! »

Impressionnée par un cerveau capable de produire une aussi formidable idée, Margaret Thatcher nomme la dame ministre de la Santé. Et la dame s'empresse d'annoncer à ses concitoyens que tous les œufs sont porteurs du virus de la salmonelle !

Le lendemain, plus aucun œuf ne se vend dans le pays. On s'émeut, on demande à Edwina si elle n'a pas un peu exagéré. Sourire accroché comme une araignée au bas du visage, elle persiste et signe.

Mise sur la touche, Edwina se reconvertit dans le best-seller à clés politico-sexuel, ouvrage qu'elle écrit à l'aide d'un stylo à sperme en forme de poignard.

Le Parlement tient toujours debout, mais elle aussi !

Virginia Bottomley (et Dieu créa la punaise), autre ministre de la Santé à talons aiguilles (celle-là, de Major), pourrait être sourde et aveugle. Mais elle n'est point muette, et personne ne songe à lui huiler la bouche, chaque fois qu'elle l'ouvre, comme on huile les gonds d'une porte qui grince.

Sûrement mise sous L.S.D. par « Spitting Image » lorsqu'on lui rapporte que défavorisés et laissés-pour-compte meurent de plus en plus jeunes, elle s'écrie : « Merveilleux ! »

Prête à tout pour réduire les dépenses de la National Health (la Sécurité Sociale britannique), elle s'oppose, avec une obstination de soudard aviné, à une cohorte de malades dont les rangs grossissent de jour en jour.

Menu fretin qu'un tel bataillon ! Virginia voit, avec les hôpitaux de Londres, des adversaires beaucoup plus dignes d'être abattus, en particulier ceux qui jouissent d'un grand prestige.

Saint Bartholomew (l'équivalent de l'Hôtel-Dieu à Paris), bien trop célèbre pour ses découvertes médicales, semble la cible n° 1 de l'ange exterminateur : vite ! fermons-le !

Marsden, hôpital dont la renommée mondiale pour ses traitements contre le cancer commence à être irritante, devra fermer lui aussi.

Harefield ? Un hôpital qu'on encense forcément à tort et à travers pour ses opérations à cœur ouvert ? Ah non, on ferme !

Et qu'on ne rappelle pas à Virginia que le Queen's Charlotte Hospital est l'un des hôpitaux les plus modernes, avec une maternité où on perfectionne des méthodes d'avant-garde, on va l'énerver. On ferme ! on ferme !

« Peut-être que ça ne l'amuse pas de conserver autant de bons hôpitaux ? » s'interroge un observateur désabusé de la presse écrite.

Que Virginia se rassure, son impopularité s'arrête entre les pages du magazine « Forum » : une bande d'obsédés sexuels l'y désignent comme la Blondie (chanteuse très sexy) de la politique. Ils rêvent d'elle, habillée en infirmière armée de tubes et de tuyaux, prête à leur prodiguer mille soins délicieux tandis qu'ils gisent, solidement attachés à un brancard dans un couloir d'hôpital.

Un emploi tout trouvé pour Calamity Virginia, si Major tient à préserver la Santé et la sienne.

Turbulente conservatrice, Teresa Gorman n'est pas ministre, et risque de ne jamais l'être tant elle exaspère ses traditionalistes collègues en agitant le drapeau des non-conformistes.

Certains, rapporte Andrew Rawnsley dans l'« Observer », la définissent comme « un cocktail unique et inflammable de féminisme militant et de libertaire fanatique ».

Baptisée par d'autres « Sainte Thérèse de la Ménopause », elle serait une publicité vivante pour les bienfaits énergétiques dispensés par la thérapie du remplacement hormonal — et en même temps, une terrible mise en garde contre ses effets secondaires.

Aurait-elle au moins les qualités requises pour être une bonne « Majorette » ? Même pas ! Elle appartient à la bande des euro-sceptiques !

Son étoile de star rangée au fond d'un tiroir avec tout maquillage, Glenda Jackson entre en politique comme on entre au couvent, et en 1992, revêt enfin l'habit de député travailliste.

Plus connue dans la vie qu'au cinéma pour son rôle de « pétroleuse de la lutte des classes », mettra-t-elle le feu aux poudres parlementaires en brûlant les planches de la Chambre des Communes ? Hum ! Les seules interventions remarquées de Glenda se limitent à la réglementation concernant la disposition des miroirs réflecteurs sur les camions.

D'après un échotier, elle entretient son moral de militante en fredonnant le long des couloirs du Parlement. « L'Internationale », peut-être ? « Impossible de comprendre ce qu'elle chantonne, déclare l'un de ses collègues, très irrité par son comportement. On doit lui en toucher un mot, mais j'ignore qui sera assez téméraire pour s'en charger ! »

Téméraire, un commentateur politique l'est assez pour se demander « si Glenda s'intéresse vraiment aux luttes quotidiennes des gens qu'elle prétend représenter ». Glenda ne connaît même pas le prix d'une pinte de lait ! On l'interroge sur le coût de la vie, et elle sèche ! Et lorsqu'elle ne sèche pas, on se dit : « Qu'est-ce qu'elle raconte ? »

« Quand elle était une star, conclut le commentateur, n'avait-elle pas la chance inouïe d'avoir quelqu'un d'infiniment plus intelligent qu'elle pour mettre des mots dans sa bouche ? »

L'une de ces dames des Communes assistait-elle au dîner de gala où les femmes eurent le plaisir de trouver un ravissant petit paquet dans leurs assiettes ?

Plaisir de courte durée. Le ravissant petit paquet contenait une crème antirides !

gaietés de la vie politique

Si vous voulez voir Sir Edward Heath, ancien Premier ministre tory, prendre des couleurs, parlez-lui de Margaret Thatcher. Lui-même évite de s'écorcher la bouche avec le nom de sa bête noire.

Contraint de l'évoquer, il semble pris de nausée :
« Cette femme... », dit-il comme s'il résumait tous
ses maux. « Cette femme », à l'entendre, aurait
dirigé le pays à coups de sac à main — « un sac,
précise-t-il, aussi vide d'idées que la tête de sa propriétaire ».

Le sport national qu'est « l'understatement » (ou
la litote) n'est pas le fort de Sir Edward dont la bile
l'empêche de mâcher ses mots. Alors qu'on lui
demande s'il a rencontré récemment Kenneth
Baker, ancien président du parti tory, Sir Edward
ne répond ni oui ni non, il répond : « Je ne fréquente
pas les limaces. »

Son chauffeur souffre-t-il de sa perpétuelle mauvaise humeur ? Sir Edward a failli se faire écraser
par sa propre voiture !

George Foulkes, exubérant député travailliste,
plus expansif encore à la suite de la réception don-
née par l'Association du Whisky Ecossais, ressent
le besoin impératif de danser la gigue avec deux
femmes qu'il croise sur son chemin. Dans son élan,
il en bouscule une troisième, très âgée, qui s'étale
contre le trottoir (l'ironie veut que Foulkes
patronne Age Concern, une « organisation protectrice des vieillards »). Des policiers arrivent sur les
lieux. Faute de pouvoir danser avec eux, il leur tape
dessus.

Arrêté, puis relâché, George Foulkes est de retour
à la Chambre des Communes où il traite Douglas
Hogg, ministre conservateur, « d'arrogante petite
merde ». Sommé par le « Speaker » (le président de

la Chambre des Communes) de retirer ses mots, il apostrophe ce dernier : « Quel mot dois-je retirer ? "arrogante", "petite" ou "merde" ? »

En définitive, c'est lui qui doit se retirer du Cabinet travailliste où il est porte-parole du ministre fantôme de la Défense.

Nicholas Soames, secrétaire d'Etat à la Consommation, a tendance, comme beaucoup d'Anglais de l'Establishment, à s'habiller avec une négligence ostentatoire.

Lord Sainsbury (propriétaire d'une chaîne de supermarchés qui porte son nom), le voyant drôlement attifé, l'interpelle : « Ma parole, Soames, vous seriez-vous vêtu pour gagner des voix ? »

Soames se drape aussitôt dans sa dignité : « Depuis quand mon épicier se mêle-t-il de la façon dont je m'habille ? »

A peine élu député travailliste, Gerald Bermingham devient la cible de féministes, qui s'introduisent dans son appartement et inscrivent sur les murs des mots doux comme « Fornicateur » ou « Pervers » avec de la peinture jaune. Des gens bien intentionnés intriguent ensuite pour qu'on lui retire l'investiture de son parti ; puis on essaie de l'assassiner en desserrant les roues de sa voiture.

Aux dernières nouvelles, il serait poursuivi en diffamation (la raison n'est pas précisée) par un avocat d'origine grecque.

Vraie tragédie que la carrière de Gerald Bermingham !

La politique ? Demandez le programme !

Lady Lucinda Lambton, connue pour ses éclats, aperçoit, au cours d'une réception, John Patten, ministre de l'Education : « Oh my God ! s'écrie-t-elle, il est là ! Je vais vomir ! »

L'air suffisant de John Patten et sa gueule pommadée de fort en thème, il est vrai, peuvent soulever le cœur. La lady, qui a connu le ministre au collège, ne s'en est jamais remise : « Il est la plus grosse tache de graisse sur mon passé ! »

John Patten tache-t-il tout ce qu'il touche ou approche ? Trop polluant pour rester longtemps ministre de l'Education, il est remercié par Major qui le remplace par une femme apparemment beaucoup « plus nette ».

Ken Livingstone, député très rouge de l'aile gauche du parti travailliste, renifle, puis écrase une irrépressible larme pendant l'intronisation de Nelson Mandela comme chef de l'Etat sud-africain.

« J'ignorais que vous étiez aussi concerné », lui dit son voisin, fort impressionné.

« Vous plaisantez ? lui répond Livingstone. J'ai le rhume des foins. »

« Avec sa finesse habituelle, rapporte un échotier, Lord Tebbit (ancien ministre de Thatcher, très nationaliste) déclare que François Mitterrand a poursuivi au grand jour la politique qu'il a menée secrètement en 1940, en servant de lad, plutôt que de jockey, au cheval allemand. »

No comment.

Lord Healey (ancien Chancelier de l'Echiquier labour) se montre hilare après les violentes attaques lancées contre lui par Lord Howe (ancien Chancelier de l'Echiquier tory) : « J'ai eu l'impression d'être agressé par un mouton mort ! »

Lord Howe, loin d'en être vexé, récupère, des années après, le trait empoisonné de Lord Healey, et autorise, pour la promotion de son livre « Conflit d'intérêts », la fabrication de tee-shirts avec un mouton mort comme motif.

De son côté, Lord Healey vante, dans une publicité à la télévision, une carte de crédit « si simple à utiliser que même un ancien Chancelier de l'Echiquier parvient à s'en servir ».

Dommage que nos anciens ministres des Finances n'aient pas l'humour de leurs homologues britanniques.

La « Loony Left » ou « la Gauche dingo », frange de militants d'extrême gauche marginalisée par le parti travailliste, est atterrée. Après lui avoir ravi la majorité au conseil municipal de Lambeth, district situé au sud de Londres, les forces contre-révolutionnaires se mettent à l'œuvre, et refusent de continuer à présenter le district comme « la République indépendante du peuple de Lambeth ».

N'étant pas à un crime près, elles enlèvent ensuite le drapeau rouge qui flottait sur le toit de la mairie, ainsi que le préservatif géant gonflé à l'hélium destiné à responsabiliser les jeunes face à la menace du sida. Pour les remplacer par quoi ? L'Union Jack !,

« symbole de l'impérialisme exploiteur et carnas-
sier ».

En plein deuil, « la Gauche dingo » manque de
drapeaux noirs.

Major mélo

« Major major » n'est pas le refrain d'une comp-
tine du style « Pic et pic et colégram », mais le titre
du livre de Terry Major, le frère de John, destiné à
prouver combien les Major sont des gens méritants.

« Please please ! Ne pouffez pas ! », supplie à
l'avance James Hughes-Onslow, « l'auteur fantôme » qui a servi de plume à Terry Major.

Doit-on en déduire que lui-même a un mal fou
à garder son sérieux lorsqu'il rapporte que « l'admi-
rable papa » de Terry et de John, loin d'être un acro-
bate raté, ne lâche son trapèze que pour créer une
fabrique de nains pour jardins ? Ou alors, réprime-
t-il un fou rire nerveux en révélant que Terry, au
lieu d'enterrer sa vie de garçon, peint des nains
toute la nuit, la veille de son mariage ?

Allons, seules les brutes épaisses s'esclafferont
quand elles liront que Terry, mis en faillite par les
nains, se coltine des bouchons en plastique dans
une usine aux « conditions dickensiennes », avant de
connaître, comme employé de London Electri-
city, l'évènement le plus tragique de sa vie : la
vieille dame, chez qui Terry relève le compteur, lui
offre une tasse de thé — a-t-il affaire à une meur-

trière en puissance ? Elle le pousse ensuite contre un fil sous tension !

Nullement aigri après tant de vicissitudes (il est aujourd'hui au chômage, ça manquait au tableau), Terry ne songe qu'à redorer l'image de son petit frère, et livre de profondes réflexions à ses lecteurs : « Attention ! Etre Premier ministre est une chose très sérieuse ! »

« Il faut être, comme Terry, d'une bravoure sans pareille, conclut James Hughes-Onslow en serrant les fesses, pour raconter combien la vie qu'on a menée est sans le moindre intérêt ! »

Vaincu par l'admiration, on va se coucher.

par ici la sortie

Faut-il s'attendre à un nouveau « putsch » au sein du parti conservateur ? Les Tories, qui n'ont pas craint de débarquer Thatcher cramponnée à son gouvernail, hésitent à pousser Major dans une oubliette, car il y a de fortes chances pour qu'ils y tombent à sa suite.

N'importe quel simplet pourrait néanmoins décoder les déclarations feutrées de certains ministres : « Pousse-toi que je m'y mette ! »

Kenneth Clarke, voisin de Major au 11 Downing Street, la résidence officielle des Chanceliers de l'Echiquier, s'exprime de plus en plus en épicier qui montre l'envergure d'un directeur de supermarché.

La politique ? Demandez le programme !

L'ennui est qu'il se trimbale dans des vêtements qui doivent lui servir de pyjamas. Alors les British se posent la question : « Peut-on confier la direction du pays à un homme incapable de "régenter" sa propre garde-robe ? »

« Voyons !, tranche un journaliste de l'"Observer". Qui voudrait d'un Premier ministre qui porte des chaussures en daim marron ? »

Attention, il y a aussi Tarzan ! (surnom donné à Michael Heseltine, ministre de l'Energie, en raison de son physique « à la Johnny Weissmüller »).

Malgré sa dextérité à se mouvoir de liane en liane, Tarzan s'est déjà ramassé la figure en essayant d'atteindre la célèbre adresse après l'éviction de Thatcher. Il a une revanche à prendre, sinon pour lui, du moins pour sa « Jane » atteinte d'une ambition incurable et réduite à l'état de zombie après la déconfiture de son homme.

Alerte ! Depuis que le sol se dérobe sous les pieds de Major, madame Tarzan va beaucoup mieux, et son époux (en dépit d'une alerte cardiaque sans doute due à une overdose d'illusions) retrouve son sourire de crocodile.

Comment Tarzan prépare-t-il son terrain ? Il ne cesse de planter des arbres à la lueur des flashes des photographes. « Le public, s'interroge Craig Brown dans l'"Evening Standard", finira-t-il par conclure qu'un jardinier aussi enthousiaste ne peut être un politicien sans foi ni loi ? »

Des esthètes se tourmentent : il ne faudrait pas que le couple maudit transforme un jour le 10 Downing Street en cabane de luxe tape-à-l'œil. Les Tarzan n'ont aucun goût ! Imaginez qu'ils viennent d'orner leur demeure du Northamptonshire, une bâtisse du XVIIIᵉ siècle, de gargouilles reproduisant leurs traits ainsi que les minois de leurs trois enfants.

Puisque Tarzan possède un temple voué à sa propre gloire, s'en contentera-t-il ? Tout le monde est persuadé qu'il n'a pas poussé son dernier cri.

Mais à qui Major songe-t-il lorsque, hors antenne après une interview à la télévision, il évoque un mystérieux « salopard » au sein de son gouvernement.

Tous les regards convergent vers le plus voyant des coqs conservateurs : Michael Denzil Xavier Portillo, secrétaire d'Etat à l'Emploi.

« Il a les yeux d'un assassin et les lèvres d'un tyran », chuchote-t-on à Westminster. British depuis seulement une génération, il a surtout, de par ses origines espagnoles, la suffisance d'un danseur de flamenco en lutte contre l'empâtement et la morgue d'un toréador mégalo.

Plus british que les British, il se fait un point d'honneur à déclarer que la Grande-Bretagne est le seul pays d'Europe où diplômes et postes clés s'obtiennent sans pots de vin et sans piston — Ollé !

Plus euro-sceptique que les euro-sceptiques, il se félicite de la défaite, aux élections européennes, de Sir Christopher Prout, chef de la délégation britannique surnommé par les isolationnistes « Brussels Sprout » (« Chou de Bruxelles ») : une bonne leçon pour ce traître plus attaché à l'Union européenne qu'à sa nation — Ollé !

Et le postérieur à peine calé dans son fauteuil de secrétaire d'Etat à l'Emploi, son premier exploit est de supprimer l'aide accordée aux entreprises qui embauchent des handicapés — Ollé !

Pas d'histoires, ça s'arrose ! Notre hidalgo fête ses dix ans de passes (tauromachiques) dans l'arène parlementaire. Mille ahuris ont le privilège d'assister à la projection de films vidéo retraçant les combats de sa carrière. Vous l'avez compris, il ne manque plus à Portillo que les oreilles et la queue de Major.

Petite ombre au tableau : Barbara Cartland est contre lui !

Interrogé sur ses convictions religieuses, Portillo répond qu'il n'en a aucune. « Ça ne va pas du tout, intervient aussi sec la Mémé des Lettres à l'eau de rose. S'il n'est pas religieux, nous n'en voulons pas comme Premier ministre, un point c'est tout ! »

Portillo, fais gaffe ! Durant la campagne électorale de 1992, Dame Barbara monte déjà au créneau avec la vaillance d'un croisé en expédiant une missive à tous les journaux (plus de neuf cents !) où elle dénonce l'athéisme affirmé de Neil Kinnock, chef du Parti travailliste et donné gagnant contre Major. « Si vous votez pour Kinnock, écrit-elle, vous votez contre le Christ ! » Et Kinnock est battu ! « Ce n'est quand même pas moi qui ai gagné les élections, de dire par la suite la modeste Barbara. D'ail-

49

leurs, ce n'est pas mon rôle de diriger le pays. Hélas ! Nous n'avons plus de leaders ! »

John Major dort-il encore la nuit ?

Sir Walter Raleigh, favori d'Elisabeth Ire, avait inscrit sur le rebord d'une fenêtre de sa maison : « Volontiers, je grimperais, pourtant j'ai peur de tomber. » La Reine, venue lui rendre visite, écrivit au-dessous : « Si ton cœur n'est pas à la hauteur, ne grimpe pas du tout ! »

Beau sujet de cauchemar pour John Major au cas où il arrive à dormir.

« *regardons-le grisonner* »

« Lequel d'entre nous, lit-on dans l'"Evening Standard", peut affirmer avec certitude qu'il reconnaîtrait John Major s'il le voyait habillé en conducteur de bus, ou affairé derrière le comptoir d'une petite banque de banlieue ? »

Paradox Films, une maison de productions établie à Brighton, lance, comme en réponse à la question du journal, une série de films vidéo destinée à traduire « la personnalité scintillante et charismatique du Premier ministre ».

Série intitulée : « La triste collection de John Major », cette suite de vidéos, d'une durée de trente à quarante minutes chacune, est présentée en avant-première à Bournemouth par un sosie du Premier,

le jour de l'ouverture des assises du Parti conservateur.

Quatre titres sont disponibles : « Regardons
l'herbe pousser », « Attendons que l'eau bouille »,
« Regardons la peinture sécher », et « Attendons
Noël » — cette dernière vidéo, qui offre à tout ciné-
phile le plaisir rare de suivre en temps réel les mou-
vements des aiguilles d'une pendule de 11 heures
et demie à minuit, étant de loin la plus excitante.

« Le cadeau idéal pour quelqu'un d'emmerdant
comme la pluie », suggère Mister Peel, directeur de
production. Mister Peel, espérons-le, a eu la cour-
toisie de faire parvenir sa triste collection au Premier intéressé.

CE QU'IL FAUT ?
UNE BONNE CORRECTION
POLITIQUE !

leçon de carnaval

Nouveaux curés et nouveaux flics, sortis tout droit d'un moule orwellien, établissent la base d'un nouveau catéchisme : à bas réflexes culturels et habitudes linguistiques !

Cultivé dans les laboratoires intellos que sont les campus américains, le virus appelé « correction politique » traverse l'Atlantique pour chatouiller les côtes d'Albion. Aussitôt à l'œuvre, il détraque bon nombre de cerveaux british « éclairés », et traque les autres pour les délivrer d'un bon sens rétrograde en les lavant.

Ainsi organise-t-on à Yeovil le premier carnaval « politiquement correct » :

Première question : peut-on se permettre de conserver un roi et une reine de carnaval ?

Les uns disent oui — à condition de ne plus sélectionner les candidats en fonction de leur beauté (attitude discriminatoire à l'encontre des « personnes physiquement contrariées par la Nature »), mais de leur enthousiasme !

Les autres disent non, car « quoi de plus périmé,

de plus pompeux, de plus royaliste et de plus hété-
rosexiste qu'un roi et une reine de carnaval ? ».

Un compromis est adopté : on choisira deux
reines — si possible lesbiennes — à moins que deux
travestis ou deux transsexuels n'acceptent de tenir
les rôles.

On tergiverse moins au sujet des jeux tradi-
tionnels qui ont lieu pendant le carnaval. Responsables de toutes les dérives racistes, ils sont mis hors
la loi.

On se penche cependant sur le cas de « la course
aux œufs » :

Attention, disent les uns, inviter des enfants à
courir avec un œuf posé en équilibre dans le creux
d'une cuillère, c'est les encourager à la compétiti-
vité et les condamner à l'exhibitionnisme.

Attention, disent les autres, une telle course
exclut d'emblée les plus âgés. On risque de faire du
« vieillardisme » (c'est-à-dire, de la discrimination à
l'encontre des vieillards).

A-t-on songé d'autre part au problème que pose
la taille des participants ? Les enfants, écartés de la
course pour avoir grandi trop vite et victimes, par
conséquent, du « mesurisme » qu'est la différence
établie entre les êtres en fonction de leurs tailles,
pourront en être complexés à vie.

Ne sommes-nous pas tous « les Enfants de la
terre » ? Alors c'est simple, la course sera ouverte à
tous ceux qui ont envie d'y participer.

Reste la question des œufs à régler. Il faudra véri-
fier qu'on n'utilise pas des œufs pondus par des
poules « en batteries », autrement dit, par des poules

esclaves exploitées par des fermiers sans scrupules.
Il va de soi que seuls des œufs pondus par des
« poules libres » sont acceptables. Mais leur déploie-
ment spectaculaire pour les besoins de la course ne
va-t-il pas froisser la susceptibilité des végétariens ?

Il serait criminel enfin d'ignorer le danger poten-
tiel encouru par les participants. Des chutes sont à
craindre, et donc, des blessures. Casques et vêtements rembourrés devront être prévus — pour ne
pas dire « imposés » (épithète politiquement incorrecte).

Quant au « concours du plus beau bébé », on l'a
naturellement interdit. Il serait temps de prendre
conscience qu'un concours pareil découle du
voyeurisme sous sa pire forme.

On ne saurait également trop recommander
d'éviter les stands où sont présentées des pâtisseries
confectionnées par des cuisinières bénévoles.

Autant de pièges pour ceux qui restent enclins à
surcharger leurs corps de sucres et de graisses
polyinsaturées, ou prêts à critiquer les gâteaux dont
la pâte n'aura pas levé, sans comprendre que leurs
critiques équivalent à des métaphores sociocultu-
relles ravalant à un rang inférieur les cuisinières les
moins compétentes.

C'est aussi sans la moindre hésitation qu'on a
supprimé le concours des plus belles fleurs et des
plus beaux légumes. Pas question de promouvoir
« une lutte déguisée entre les espèces » ! De quel

droit les humains imposeraient-ils leur propre échelle des valeurs en établissant une hiérarchie parmi « leurs compagnons végétaux » ?

De même, a-t-on songé à bannir le stand que des irresponsables persistent à baptiser « le Stand de l'Eléphant blanc » sous prétexte de mettre sur pied une vente géante de fripes ?

Les implications racistes d'une telle appellation sautent aux yeux. Qui peut encore croire que « blanc » ou « noir » indiquent seulement la couleur d'une peau, alors que ces épithètes ne déterminent plus qu'une identité politique.

De toute manière, on ne galvaude pas un nom qui demeure lié à l'exploitation d'une espèce animale menacée d'extinction.

Après mûre réflexion, on a finalement maintenu le bal malgré les sérieux risques sexistes qu'il présente.

Des prix seront même attribués aux danseurs « corrects » qui se distingueront par « la liberté de leur expression corporelle ». Autant prévenir, à ce sujet, les danseurs qui auront tendance à conduire leurs partenaires, ou à suivre le rythme de la musique d'une façon jugée excessive, ils seront automatiquement éliminés.

En fait, un bal « correct » devrait être réservé à ceux qui ne savent pas danser. Mais restons cool. Personne ne sera favorisé et chacun aura un prix.

Allez, bon carnaval !

Ce qu'il faut ? Une bonne correction politique !

fête incorrecte

Les directeurs et les directrices des écoles maternelles reçoivent une circulaire de leur Association : « Cessez de fêter Noël ! »

Pourquoi un tel ordre ? Parce que Noël est une fête beaucoup trop religieuse ! Peu importe que les trois quarts des élèves, à travers le pays, soient d'obédience chrétienne, leur « happy Christmas » offense « cruellement » les minorités attachées à d'autres croyances.

Un décret suit la circulaire : toutes les fêtes de toutes les religions seront célébrées sur un pied d'égalité ou pas du tout.

Intimidée, la directrice d'une école du sud de Londres se soumet : le 25 décembre est rayé de son calendrier. « Si nous célébrons Noël, explique-t-elle, avec un sapin, des chants, des décorations et des cadeaux, et si, tout de suite après, nous célébrons une fête hindoue avec seulement quelques bougies, nous aurions de gros ennuis ! »

Le conseil municipal travailliste de Birmingham bannit lui aussi le mot obscène qu'est devenu « Noël ».

Les illuminations de fin d'année sont « des lumières de fête ». La célébration de la Nativité, elle, est remplacée par un festival ayant pour thèmes la terre, l'eau, l'air et le feu.

Les professeurs d'une école de Leicester, fréquentée par une majorité de Musulmans, sautent au plafond, peu avant Noël, en recevant le sujet de rédaction imposé à leurs élèves par un Centre d'examens des Midlands. Papa Noël, pervers travesti en Papa Gâteau, a en effet une sale surprise dans sa hotte : au lieu d'être remplie de joujoux par milliers, elle contient des cochons vietnamiens aux ventres dodus ! Et les élèves sont priés de rédiger un essai relatant l'évènement.

O rage ! O désespoir ! Mrs Freda Hussain, directrice de l'établissement, écrit une lettre de vive protestation au ministre de l'Education. Elle l'accuse d'insulter ses élèves musulmans, et se charge, par la même occasion, de lui rafraîchir la mémoire :

Un — que ce soit entendu une fois pour toutes, les Musulmans ne fêtent pas Noël.

Deux — ils évitent d'avoir chez eux des animaux domestiques.

Trois — monsieur le ministre est-il inculte ? (sûrement). Ils abhorrent toute référence aux cochons, animaux impurs. Certains s'abstiennent même de prononcer le mot.

« Cet examen, incroyablement dénué de tact, résume Mister Chris de la Croix, un professeur qui doit avoir du mal à porter son nom, est un coup frappé au cœur de leur culture ! »

« Promis !, fait aussitôt savoir un cochon de garde du ministère chargé de superviser les programmes scolaires, nous prendrons soin désormais de ne plus utiliser aucun matériel choquant ! »

Ce qu'il faut ? Une bonne correction politique !

Channel 4, l'une des quatre chaînes de télévision, n'évacue pas Noël de ses programmes, mais le fête d'une façon politiquement correcte en offrant à ses téléspectateurs, non pas un joyeux, mais un très « gay Christmas ».

Rien de plus revigorant pour bourgeois coincés et machos abrutis qu'un Noël entièrement homo, avec en prime, un cadeau musclé en la personne de Martina Navratilova, championne de la raquette et de la brioche maudite.

Un journaliste « mal pensant » en a la plume grincheuse : « Tant qu'on y est, écrit-il, BBC 1 devrait produire une pantomime de pédophiles ; Carlton, un festival de fétichistes ; et pour couronner le tout, BBC 2 n'aurait qu'à organiser un Noël pour nécrophiles ! »

Shere Hite, féministe de choc présentée par l'une de ses bienveillantes consœurs comme « une chroniqueuse sexuelle aux airs de baby-doll et à la bouche en forme de cul de guêpe », tombe probablement malade au moment de Noël.

« Pourquoi, mais pourquoi n'y a-t-il pas de fille dans la Sainte Famille ? » se lamente-t-elle avec régularité.

Pourquoi, mais pourquoi n'interroge-t-elle pas le Saint Esprit ?

à bas les gays, vivent les pédés

Le noyau dur des militants homosexuels ne veut plus être appelé « gay », terme trop sucré qui implique une soumission tacite à la société hétéro triomphante dans le but de s'y intégrer et de s'en faire accepter sous prétexte d'égalité.

Si aujourd'hui on est un homo « correct », on n'est plus « gay », on est à nouveau « pédé » — qualificatif qui a l'avantage de garder son odeur sulfureuse, c'est-à-dire marginale et révolutionnaire, tout en promouvant une revendication politique.

Bref, un pédé averti vaut bien deux gays papillons !

Que dire de Scotland Yard, qui abrite en son sein des éléments « corrects » ? Sa politique tend-elle à favoriser l'intégration des gays, ou bien n'est-elle qu'une tentative de récupération des pédés ?

De nos jours, rapporte Chester Stern dans le « Daily Mail », un policier célibataire, qui demande à partager avec un collègue, lui aussi célibataire, l'un des appartements dont dispose la Police pour son personnel, a peu de chances d'obtenir satisfaction. A moins ? A moins qu'il ne parvienne à convaincre les autorités qu'il vit une passion torride avec son collègue, et qu'en fin de compte, il forme avec lui un couple uni et stable.

N'y aurait-il pas là une discrimination à l'encontre des hétéros ? Non ! Les hétéros ne sont pas une minorité !

Ce qu'il faut ? Une bonne correction politique !

Interrogé sur ce sujet, Laurie Johnston, vice-président de la Fédération de la Police métropolitaine, propose une solution radicale : « Les hétéros n'ont qu'à mentir en suggérant qu'ils sont homos ! »

« Etre gay » conduirait-il à « singer les hétéros » ?
La corporation du personnel homosexuel de la BBC se félicite de voir aboutir ses revendications : la Compagnie offrira désormais à chaque couple gay, comme à tout couple hétéro, une semaine de congés payés pour partir en voyage de noces, avec une prime de 75 livres (680 francs environ) en cadeau de mariage.
Il y a de quoi en devenir pédé.

La Fondation Paul Hamlyn, une fondation paternaliste prétendue charitable, vient de passer toutes les bornes en invitant les écoliers d'Hackney (quartier de l'East End de Londres) au Royal Opera House de Covent Garden où on leur infligera une représentation du « Roméo et Juliette » de Prokofiev.
Dieu merci, Miss Brown est là ! Et Miss Brown, notons-le au passage, est la seule directrice d'école qui a le courage de s'insurger : jamais elle ne laissera ses élèves s'intoxiquer l'esprit avec une histoire d'amour aussi éhontément hétérosexuelle !
La presse se déchaîne contre la malheureuse. Mais Miss Brown, qui a l'étoffe d'une martyre, tient bon et lance sa profession de foi : « Tant que films, livres et pièces de théâtre ne refléteront pas toutes

les facettes de la sexualité, je me garderai de plonger mes élèves dans une culture hétérosexuelle ! »

Cette femme-là, on devrait lui élever une statue.

vous avez dit quoi ?

Qui eût cru que Mrs Lorraine Douz, mariée à un Tunisien et employée dans un centre d'aide humanitaire réservé aux minorités ethniques, pût être raciste ? Personne, jusqu'au jour où Mrs Douz s'aventure à discuter des nuances vénéneuses de la langue anglaise avec Miss Afia, la standardiste du centre, qui est originaire du Bengale.

Lorsque Miss Afia parle des mots dont le double sens (presque toujours relié au sexe) risque de vous mettre dans l'embarras, Mrs Douz a le malheur de plaisanter : « Ah vous, les étrangers !... »

Mrs Veronica Bexfield, qui passe par là, surprend ces dernières paroles. Scandale ! Alerte rouge ! Mrs Veronica Bexfield court sonner le tocsin : « L'une des nôtres a dit : " étranger " ! Elle est raciste ! »

Une enquête a lieu. Elle dure neuf mois au bout desquels Mrs Douz est renvoyée.

On laisse cependant la porte du centre entrouverte. Mrs Douz pourra réintégrer son poste à condition qu'elle suive des cours où elle apprendra à être antiraciste et à s'imprégner de la notion d'égalité pour tous.

Ce qu'il faut ? Une bonne correction politique !

Un jeune couple d'origine sud-asiatique entreprend des démarches pour adopter un enfant de couleur. Les voici harcelés par psychologues carrés et assistantes sociales en robe de bure mentale.

« Bien entendu, leur dit-on, vous avez souffert du racisme ? » Ils ont l'inconscience de répondre : « Non, pas spécialement. »

Visages et dossier se referment. Verdict : impossible de permettre à un couple aussi « politiquement naïf » d'adopter un enfant.

sur le gril

Le Professeur Roy Calne, éminent médecin, se fait le porte-parole — volontairement ou non — d'un ensemble d'agents très spéciaux qui commencent de placer pères et mères sous surveillance politiquement correcte.

Sa proposition est simple : les couples, avant de procréer, devraient obtenir « un permis de reproduction » !

En réalité, tout bambin sous projecteurs politiquement corrects devient une sorte de bombe à retardement. Si vous ne lui parlez pas en tournant 110 fois votre langue dans votre bouche, mains liées derrière le dos pour éviter le moindre geste inconsidéré à son égard, il vous explosera à la figure.

Mrs Davies, une gardienne d'enfants, est interdite de « garde » pour avoir osé tirer l'oreille d'un affreux moutard. Mrs Davies, probablement une dangereuse maniaque, attaque la décision en justice, ce qui n'arrange pas son cas auprès des « Responsables ». « Est-il pensable, s'écrie l'un d'eux, que cette femme en appelle aux tribunaux dans le seul but d'avoir le droit de battre des enfants de quatre ans ! »

Comme il n'y a plus de justice, Mrs Davies gagne son procès. Il faut s'attendre à une recrudescence des enfants martyrs.

les Filles d'Eve

Quelle sorte d'assassin est Harold Pinter ? Les Filles d'Eve, un groupe de féministes (cousines germaines des Erinyes), accusent l'auteur de « l'anniversaire » « d'avoir porté un coup mortel aux femmes qui travaillent avec dignité dans les médias non électroniques ! » En conséquence, elles instruisent son procès.

Harold Pinter tiendra-t-il le coup jusque-là ? Pressées d'en finir avec lui, les Filles d'Eve ont décidé d'employer les grands moyens : elles vont attirer sur lui « la malédiction de Zuni » ! Elles s'apprêtent donc, suivant une logique implacable, à placer devant sa résidence « un fétiche Zuni » (assemblage, paraît-il, de matériaux calcifiés).

Pourvu qu'Harold Pinter ne se mette pas à se décalcifier. John Osborne, autre dramaturge « zunitisé », est mort prématurément !

Ce qu'il faut ? Une bonne correction politique !

Des savants subiront-ils aussi la terrible malédiction ?

L'œil rivé sur les poitrines des dames avec le sérieux d'une bande de maquignons, ces messieurs affirment avec aplomb que les femmes dont le sein gauche est plus gros que le sein droit sont plus volubiles (pour ne pas dire des mégères), tandis que les femmes dont le sein droit est plus développé seraient plus contemplatives (pour ne pas dire des veaux).

Que penser du silence inquiétant des Filles d'Eve après de tels propos ?

Notez, ces savants-là ne se privent pas non plus de soutenir que les hommes dont le testicule gauche est plus volumineux sont des baratineurs-nés, comparés à ceux dont le testicule droit fait la fierté, plus sportifs et, surtout, beaucoup plus doués pour le lancer du poids !

Ne nous égarons pas. Les testicules ne servent pas à grand-chose aux Filles d'Eve, sinon à nourrir leurs chats — elles en ont d'ailleurs d'autres à fouetter depuis que les Laboratoires Garnier s'offrent une abominable publicité destinée à vanter sur Carlton le gel Neutralia, un gel pour la douche que des millions d'obsédés se délectent à voir utiliser par une pauvrette aux seins nus — l'un serait-il plus gros que l'autre ? Encore une fois, les Filles d'Eve ne s'en préoccupent pas, accablées par « l'indécence et le sexisme de cette publicité dégradante pour les femmes ».

Les Laboratoires Garnier ont tout intérêt à

cacher ces seins, «un malheur Zuni» est si vite
arrivé !

Faiaz, un garçon musulman, a beau avoir seulement 13 ans, il sait déjà se prémunir contre les
redoutables descendantes de la Tentatrice Number
One.
Très religieux, il prie, dit-on, cinq fois par jour.
On comprend son refus de participer aux cours de
danse acrobatique dans son école, vu que le Coran
lui interdit de s'adonner à ce genre d'exercice en
présence des petites filles d'Eve (vicieuses en herbe
ou castratrices en puissance).
Qui parle de problème ? Le directeur de l'école,
homme juste et averti du péril féminin, ordonne
qu'on tende un drap derrière lequel Faiaz pourra
se mouvoir à l'abri des insoutenables regards.
Qu'Allah continue à le protéger de Zuni !

Mais qui protège les malheureuses que les circonstances contraignent à assassiner leurs maris ?
La loi ? Eh bien non. Comptons sur les Filles d'Eve
entrées en lutte pour remédier à cet inadmissible
état de fait.
Montées en force à la tribune des ténors travaillistes lors des assises du parti, elles exigent que les
Labours inscrivent dans leur programme un projet
de loi susceptible de mettre fin à une justice discriminatoire à l'encontre de leurs sœurs meurtrières
— à savoir que toute femme qui aura zigouillé sa
crevure d'époux ait la possibilité de plaider non
coupable au nom de « l'instinct de conservation » !

Ce qu'il faut ? Une bonne correction politique !

Est-on en train d'assister à la révolution pacifique (si on peut dire) des filles d'Eve ? Pour l'instant, il s'en produit une petite (de révolution) au sein du Boodle's Club, l'un des Clubs les plus élégants de la capitale britannique (réservé exclusivement aux hommes, of course).

La direction parle de permettre aux femmes de venir y dîner ! Sonnés, certains membres avouent « rester sans voix ». Plus atteints, d'autres pourraient être tentés par le suicide : « Si on laisse venir les femmes, il n'y aura plus aucun endroit dans Londres où aller ! »

Un « fétiche Zuni » aurait-il été dissimulé dans le Club, par hasard ?

L'oppression machiste dont souffre la gent féminine peut aussi rester latente, imprégnant avec une subtilité diabolique les rapports quotidiens entre hommes et femmes.

Germaine Greer, l'auteur de la « Femme eunuque », pose cette question à deux ou trois consœurs pendant une émission de télévision : « Laquelle d'entre nous osera péter au lit si elle a un homme à ses côtés ? »

Les années passent, mais Germaine Greer est toujours dans le vent !

Encore plus dans le vent, « Sh ! » est le premier sex-shop européen politiquement correct conçu pour les femmes et dirigé par une femme : LA businesswoman des faubourgs de Londres ! Miss Catherine Hoyle !

Nous l'applaudissons et nous lui donnons la parole : « Mon sex-shop, explique-t-elle, se caractérise par une coupure radicale avec l'hédonisme des années 60 mis à la mode par Cynthia Payne (la Madame Claude anglaise), et s'écarte de la consommation dépravée en vigueur à Soho (le Pigalle londonien). C'est un sex-shop basé sur une conscience sociale ! »

Ce pourrait être aussi un salon de thé très spécial — interdit aux hommes, à moins qu'ils ne soient pendus au bras d'une femme ou, peut-être, tenus en laisse.

De très nombreuses Mrs Everybody se rendent à la déjà célèbre adresse pour y perdre leurs inhibitions et discuter, en grignotant des gâteaux secs, de leurs fantasmes et de leurs désirs charnels, comme si elles avaient à choisir de nouveaux rideaux pour leurs chambres à coucher.

Au septième ciel avant ses clientes, Miss Hoyle se félicite chaque jour des effets libérateurs dispensés par son entreprise de bienfaisance sexuelle. « Vous rendez-vous compte, s'extasie-t-elle, qu'une femme de 68 ans, est venue acheter, pour la première fois de sa vie, un vibromasseur ! Preuve qu'elle a désormais accès à un nouveau langage qui lui permet d'exprimer tous ses besoins ! N'est-ce pas bouleversant ? »

Sarah Grady, journaliste à l'« Evening Standard », trouve-t-elle aussi bouleversant la soudaine philanthropie gouvernementale à l'égard d'un transsexuel capable de conjuguer esprit d'entreprise et soutien aux funambules de l'identité sexuelle ?

Elle ne se prononce pas et se contente de relater les faits avec une froideur professionnelle : Miss Sue Sheperd, 33 ans, ancien chauffeur de taxi appelé Tony, bénéficie d'une bourse de 3 500 livres (environ 32 000 francs) afin qu'elle monte sa propre affaire : « Fantasy Girl To-day » ! une vente par correspondance de produits de beauté et de vêtements féminins réservés aux hommes que « leur nature et leurs goûts incitent à se travestir ».

« Ces hommes-là ont des problèmes uniques au monde ! » argumente Miss Sheperd. Ah ? D'ordre psychologique ? Non non ! « Il leur faut avant tout, répond Miss Sheperd, une crème super-efficace pour dissimuler les poils de leur barbe naissante, ainsi que des bas super-résistants qui ne filent pas ! »

Ne nous étonnons pas du ton détaché de l'article, pourquoi les Filles d'Eve exciteraient-elles Zuni contre un homme, à présent des leurs, dont le but est d'aider ceux qui rêvent de leur ressembler ?

S'il y a un homme que ces dames devraient dorloter, sinon vénérer, c'est l'inévitable Professeur Roy Calne.

La société future, estime le Nimbus britannique, sera viable à la seule condition que les femmes seules soient autorisées à vivre !

Mille excuses, vénérable Professeur, mais la race humaine ? Est-ce qu'elle ne... Shut up !

Quelques étalons, soigneusement sélectionnés,

échapperont aux abattoirs pour jouer leur rôle de géniteurs, pardon, de reproducteurs.

La solution idéale, toutefois, serait de « vendanger » les hommes avant de les éliminer, et d'établir de gigantesques banques du sperme à travers la planète.

termes choisis

Les enfants d'Albion, qui aiment les bonbons et les gros mots, se régaleront bientôt à double titre en achetant les premières « sucreries injurieuses » créées à leur intention.

Après d'intenses recherches dans les cours de récréation, la direction de Swizzels Matlow (nom d'une fabrique de friandises) découvre avec effroi que ses « Love Hearts », pastilles effervescentes en forme de cœur, sont considérés par les écoliers comme le comble de la ringardise. Pire encore : les messages gentillets du style « Je t'aime » ou « Marie-moi », qui enveloppent ces douceurs de toujours (elles datent de la deuxième guerre mondiale), sont jugés débiles par les intéressés.

Tempête sous les crânes dans les bureaux de Swizzels Matlow. Comment s'adapter au nouveau comportement des petites terreurs ? On arrive à la conclusion que les messages des Love Hearts manquent de punch, et on décide de les remplacer « par quelque chose de plus contemporain ». Pourquoi pas un bon petit « Connard » à la place de « Je

t'aime » ? Ou un solide « Tête de nœud » à la place
de « Marie-moi » ? Adjugé ! Vendu !

Les délicatesses du genre « Binoclard », « Gros
lard » ou « Grandes oreilles » sont néanmoins
exclues, car politiquement incorrectes (et pas très
commerciales).

Les temps ne sont pas à la convivialité, prétexte,
n'est-ce pas, à tous les abus.

Qu'un employé de la Municipalité de Liverpool
ne s'aventure plus à saluer l'une de ses collègues
par « Hello, love ! », sinon il sera accusé de vouloir
entretenir « une habitude verbale sexiste », et il lui
en cuira. Qu'il évite aussi de l'inviter à se rendre au
cinéma avec lui, il la violerait mentalement.

Presque tout le vocabulaire se trouve piégé : si
une mère de famille se considère comme « une
femme au foyer », elle se leurre, car c'est une
« esclave domestique » ; les éboueurs, eux, sont
devenus des « collecteurs de détritus » ; et bien sûr,
un nain n'est plus un nain, c'est « une personne à
la verticalité contrariée ».

Les vrais ennuis commencent dès qu'il s'agit de
parler « Histoire » (la grande) ou « History » en
anglais, qui, si on décompose le mot (His : son —
story : histoire), signifie littéralement : Son-his-
toire ! (à lui). Nous voici à nouveau confrontés à un
sexisme déchaîné. De quel droit le Mâle s'appro-
prie-t-il l'Histoire comme si elle était son domaine
personnel ? Pourquoi ne pas remplacer ce « His »
dominateur par le féminin « Her » (sa) — ce qui

73

donnera correctement : Herstory ! Ou par le pluriel
« Their » (leur) : Theirstory !

« Journal ouvert », le « Daily Mail » ouvre ses
colonnes à un chapeau pris dans la tourmente politiquement correcte :

« Messieurs,
» Ecrire une lettre est pour moi une entreprise
difficile, vu que je suis un chapeau et que je dispose
seulement d'une paire de gants, vivant sur l'étagère
au-dessous de la mienne, susceptibles de dactylo-
graphier mes propos. Et puis quoi, ce n'est pas mon
genre de me mettre en avant — vous remarquerez
d'ailleurs que les chapeaux ont tendance à rester en
arrière, c'est dans notre nature.
» Vous aurez peut-être noté, en lisant la presse
de la semaine dernière, que l'Université du Lancashire vient de publier des directives afin de prévenir
son personnel contre l'attitude incorrecte engen-
drée par le sens de la propriété ou de la possession.
Personne ne pourra, de la sorte, être désigné plus
longtemps comme, par exemple, "ma" femme de
ménage, "ma" secrétaire, "mes" étudiants ou "mon
épouse", et chacun devra être appelé par le prénom
ou le nom qui est le sien et lui a été donné à la
naissance, car il est vrai qu'aucun sujet ne peut être
possédé, et que toute personne est un individu à
part entière, avec ses propres droits et tout ce qui
s'ensuit.
» Mais, encore une fois, je constate qu'il n'y a
rien concernant les chapeaux. Il est donc temps, en

ces jours éclairés et politiquement sensibles, de pallier ce malheureux oubli.

» Croyez-vous que les membres de notre race (de chapellerie) soient heureux d'entendre des expressions telles que : " Où est passé mon putain de chapeau ? " ou " Qu'est-ce que t'attends pour foutre en l'air ton vieux chapeau à la con ! ", et ainsi de suite.

» Si vous jetez un coup d'œil à l'intérieur des chapeaux, que voyez-vous ? Vous voyez une languette portant un nom. Mais c'est le nom de qui ? Le nôtre ? Ou celui de notre soi-disant propriétaire ? Je suis convaincu que les chapeaux devraient aussi être appelés par leurs noms. Le mien est Wilfred... " Tiens, quelle est cette drôle de tache sur Wilfred ? " ou " Veux-tu être assez gentil pour ne pas laisser Wilfred sur la table de la cuisine ! " Ne serait-ce pas plus correct ?

» J'espère que l'Université du Lancashire saura montrer l'exemple !

» Vôtre (attention de ne pas prendre pour argent comptant cette formule de politesse).

» P.S. : Nous sommes les gants sans lesquels cette lettre n'aurait pu être dactylographiée. Nous aimerions signaler au passage que nos noms respectifs sont Doris et Selwyn. Merci. »

humour noir ?

« Ne serait-ce pas merveilleux si le futur duc de Northumberland était à moitié noir ? »

La question est posée par Valérie Campbell (mère du mannequin Naomi Campbell), somptueuse panthère noire toujours dans les parages du célibataire porcin de 41 ans qu'est l'actuel duc, et apparemment prête à sacrifier sa ligne pendant neuf mois.

« Fascinant ! », s'étrangle la duchesse douairière quand on lui rapporte la suggestion veloutée de la belle Valérie.

Ah ! Si nous sommes politiquement corrects, nous commençons, malgré l'irréprochable épithète employée par la duchesse, à froncer les sourcils. Et puis nous frisons l'infarctus en écoutant les déclarations du duc. « Certes, Valérie porte un nom très aristocratique — de dire "Sa Grâce" en faisant allusion au Clan Campbell dont le chef est le duc d'Argyll : Mais il est probable que ses ancêtres étaient les esclaves des Campbell, tout à fait comme dans le film "Mandingo", vous savez, avec ces travailleurs, dans les plantations, qui passaient leur temps à... comment dire... à donner du plaisir aux filles esclaves ! »

Un clip publicitaire, commandité par British Gas, est accusé de tous les maux par un mouvement antiraciste (qui porte plainte contre la Compagnie) pour avoir mis en scène deux gorilles de dessin animé.

Stupéfaction des représentants de British Gas : « Raciste ? Notre publicité ? » « Raciste ! répète le porte-parole du mouvement, car les gorilles du clip sont animés de telle façon que le public va automatiquement les associer aux gens de couleur ! »

Ce qu'il faut ? Une bonne correction politique !

Abasourdi, on l'est tout autant par la provocation d'un fabricant de meubles à la recherche d'ouvriers pour son entreprise :

Vous êtes Noir d'origine africaine ? Voici le questionnaire auquel vous êtes prié de répondre si vous gardez l'espoir d'être embauché :

1 — Vous voit-on encore, une fois la nuit tombée ?
2 — Quels sont vos passe-temps favoris ?
(mettez une croix dans la case correspondante)
    a — agressions
    b — vols à la tire
    c — prostitution
    d — proxénétisme
    e — participation éventuelle aux émeutes

Etes-vous d'origine asiatique ? Alors vous indiquerez « quand et où vous êtes entré illégalement en Grande-Bretagne ».

Mais si vous êtes noir originaire des Caraïbes, vous êtes averti qu'il est inutile de remplir le questionnaire et de produire une photo d'identité, vu que vous et les autres « du même coin », vous vous ressemblez tous !

enfin de vraies couleurs !

Qu'il pleuve ou qu'il vente, les « poppies » (ou coquelicots) fleurissent aux boutonnières le jour du 11 novembre, fête de l'armistice comme en France.

Mais pourquoi les coquelicots ont-ils le mauvais goût d'être rouges ? Aux yeux des citoyens politiquement corrects, ce rouge-là est le symbole impérialiste à la gloire de la guerre ! Alors ils arborent des coquelicots... blancs ! A la gloire de la paix !

« Quand je regarde le drapeau du Royaume-Uni, déclare Eddie Chambers, artiste d'origine jamaïcaine, je ne remarque rien qui indique le caractère multiculturel de la Grande-Bretagne d'aujourd'hui. Il est d'ailleurs plutôt laid. »

Tout à fait d'accord avec lui, la Municipalité de Liverpool encourage Eddie Chambers à créer « une version rastafarienne » de l'Union Jack.

Au travail ! L'artiste conserve le graphisme du drapeau, ainsi que l'une des trois couleurs, soit le rouge, car il représente « le sang de ceux qui sont morts en esclavage », mais remplace le bleu par « le vert de la terre africaine », et le blanc par du jaune, symbole de « l'or volé aux pays colonisés ».

« Eh bien ? Il n'est pas beau mon drapeau ? » Eddie Chambers plaide pour que son Union Jack, rehaussé par des couleurs tellement plus correctes, soit adopté par tout le pays : « Les rapports entre les différentes races s'en trouveraient grandement améliorés », argumente-t-il.

La plupart des habitants de Liverpool blêmissent en voyant flotter ce qu'ils appellent « cette niaiserie » au-dessus de leur Mairie.

Les British, décidément, en voient de toutes les couleurs !

L'ÉDUCATION ?
UN MOT TRÈS PÉRIMÉ !

assez grogné, parlez un peu !

Mrs Gillian Shephard, ministre de l'Education, se nomme elle-même Commandante en chef des Forces lettrées, et part en croisade contre ce qu'elle appelle « l'anglais grogné ».

Il n'y aura pas de quartier. « Tous ceux qui ne maîtriseront pas notre merveilleuse langue, prévient la généralissime, devront s'attendre à être dans l'incapacité de trouver du travail ! »

L'Ecosse sera-t-elle épargnée ? Le meilleur anglais, d'après les détecteurs de grognements, se parlerait à Edimbourg.

Il y a déjà des victimes. Entre autres, une mystérieuse dame d'origine asiatique, postulante bardée de diplômes au poste de directrice d'école, et foudroyée sur place par un peloton d'administrateurs lorsqu'ils s'aperçoivent qu'elle fait des fautes à tous les mots. Agent secret du barbarisme, un sous-fifre du Ministère réprimande le peloton : une orthographe approximative ne justifie pas une exécution aussi sommaire.

Résultat : la confusion règne, et comble de l'horreur, les troupes se mettent à grogner.

Les rapports qui arrivent du front ne sont guère encourageants. Plus de la moitié des élèves des « Grammar Schools » (les écoles publiques) ne parle pas l'anglais couramment. On vient, en outre, de répertorier 74 langues différentes pratiquées dans les cours de récréation d'un district de Londres, dont le Dinka (un dialecte soudanais) ou le Ga (un dialecte des régions côtières du Ghana).

A son retour de croisade, « la ministresse » assiégera-t-elle « les Finances » qui pratiquent une langue de bois en rognant le budget de l'Education ?

L'avenir ? Mrs Paula Bundock s'y attelle pendant la fête de l'école où elle est professeur, mais seulement pour rire (en principe !).

Installée dans une vieille roulotte, après s'être promue « voyante », elle provoque plus d'une crise de larmes. Comment ? En prédisant à une élève qu'elle aura bientôt un terrible accident ; à une autre, que son père va mourir ; à une troisième, qu'elle ne vivra pas longtemps ; et ainsi de suite...

On ne grogne plus, on gémit !

au pas !

Professeurs en formation ou en stage sont tenus d'apprendre le principe fondamental suivant : « Les gens de couleur en Grande-Bretagne, issus ou non de pays différents, ont tous en commun l'expérience du colonialisme britannique et du racisme ambiant à travers le pays. »

En conséquence, les professeurs s'abstiendront d'imposer à leurs élèves l'étude des mathématiques « officielles » trop liées à l'enseignement impérialiste de l'Ouest. Ils leur inculqueront à la place les rudiments des « ethno-mathématiques » !

D'après Roy Massy, du « Daily Mail », les « ethno-mathématiques » consistent à « faire toute la lumière » sur la diversité des aptitudes et des connaissances en mathématiques selon les appartenances culturelles. Ils s'appliquent aussi à remettre en question la nature des activités associées à cette discipline en dehors de l'école dans différents contextes culturaux... Simple, non ?

Pour être sûr que les professeurs ont eux-mêmes retenu leurs leçons, on leur soumet quelques sujets de réflexion : « Pensez-vous que les gens puissent être des matheux sans le savoir ? », ou : « De bons matheux peuvent-ils être de meilleurs conducteurs de voiture ? », ou encore : « Une araignée fait-elle des mathématiques quand elle tisse sa toile ? »

Avant d'acquérir toute connaissance, les élèves seront « travaillés au corps » jusqu'à ce qu'ils adoptent une attitude antisexiste.

Leurs professeurs, en fin d'année, pourront les « tester » en leur donnant le sujet de devoir sur lequel ils ont eux-mêmes planché : « Comment organiser une société où le sexe des personnes ne serait pas discriminatoire ? Supposez qu'on arrive à prouver que la testostérone, l'hormone mâle, est la cause de la violence masculine. Cherchez quelles sortes de mesures on pourrait prendre pour contenir cette agression biologique. »

Un enseignant qui se respecte s'empressera de démontrer à ses élèves combien les écrits de Karl Marx sont essentiels. Les chers enfants, faut-il le souligner, n'auront plus besoin de s'encombrer la tête en apprenant ce qui s'est passé à Trafalgar ou à Waterloo, ni même qui était Winston Churchill. En revanche, ils seront incollables sur l'expérience des gens de couleur sur le continent américain.

« Pourquoi ignorer les scénaristes des "soaps" ? », proteste Miss Shona Walton, la présidente du Syndicat des professeurs. « Les "soaps", poursuit-elle, conviennent beaucoup mieux aux enfants d'aujourd'hui que les œuvres shakespeariennes. D'ailleurs, je suis contre la notion qu'un seul auteur comme Shakespeare soit le représentant de l'héritage culturel d'une nation des plus complexes ! »

L'étude de « Macbeth » ou d'« Hamlet » est donc remplacée, dans de nombreuses écoles, par la lecture commentée de « The Road Home », l'ouvrage d'une certaine Sylvia Fair. D'où le sujet de rédaction, en relation avec ce nouveau chef-d'œuvre de la littérature anglaise, proposé au cours d'un examen : « Racontez comment une bande de jeunes viole une femme handicapée, et décrivez le traumatisme de la victime. »

L'éducation ? Un mot très périmé !

Les examens ? Suspects ! Le Syndicat de Miss Shona Walton décide de les boycotter sous prétexte qu'ils sont « monoculturaux » (centrés sur la culture blanche) et « eurocentraux » (centrés sur le mode de civilisation européen).

Sauve qui peut ! Des parents, prêts à tous les sacrifices, vont jusqu'à vendre leur maison pour avoir les moyens d'envoyer leurs enfants dans les « Public Schools » (les écoles privées).

leçons de sadisme

Un directeur d'Eton, Mister Anthony Chenevix-Trench, était, selon les dires d'anciens élèves, « un concentré de perversions », et ne fondait ses punitions que sur des critères d'esthétique.

Après avoir ordonné à un angelot de baisser son pantalon pour être battu, Chenevix-Trench sourit, puis tapote le joli derrière qui lui est tendu : « J'espère que vous n'avez pas cru que j'allais vous frapper, enfant de rêve ? »

Un autre élève se souvient d'avoir été convoqué pour « avoir regardé de trop près les zébrures sur les fesses d'un puni ». « J'ai avoué, raconte ce dernier, que j'étais amoureux de mon camarade. » « Ah ! de soupirer le directeur. Les petits garçons peuvent être de telles putains ! » « Et ensuite, achève de relater l'élève, il me battit avec une extrême douceur !... »

« La bataille de Waterloo, a déclaré le duc de Wellington, a été gagnée sur les terrains de sport d'Eton » — et sans doute aussi dans le bureau du directeur.

Beaucoup moins sophistiqué que Chenevix-Trench, un instituteur dont le stress atteint la cote d'alerte bondit, en plein cours, sur un diablotin de 7 ans, le ligote sur une chaise et lui fourre un bâillon dans la bouche.

Crime de lèse-diablotin ! « On est revenu au temps de Dickens ! » hurlent les parents. Et l'instituteur est prié de prendre un repos bien mérité (pour relire tout Dickens).

Une épreuve traumatisante attend l'étudiant qui s'apprête à entrer à l'Université, c'est l'entretien qu'il subit avec un professeur du Collège où il souhaite poursuivre ses études. Sa personnalité correspond-elle à l'état d'esprit de l'établissement qu'il a choisi ? Seul juge en la matière, le professeur auquel il est confronté utilise souvent des méthodes peu orthodoxes pour le sonder :

Miss Pinfold a-t-elle ainsi le tort de se préparer à discuter des mérites de Catulle ou de Tacite avec le vieil humaniste qui la reçoit. L'air tourmenté, celui-ci la regarde tout en lissant des deux mains les pans de sa veste : « Miss Pinfold ! Que pensez-vous de la coupe de mon costume ?... »

Un autre candidat pénètre dans le bureau du professeur Alan Ware, qui enseigne la philosophie au Worcester College à Oxford, et s'immobilise, médusé : il n'y a personne dans la pièce ! Quand soudain, le professeur, qui s'est caché derrière la porte, surgit dans son dos, et lui demande d'une voix pressante : « Comment savez-vous que vous êtes ici ? »

Il y a aussi, à Cambridge, un professeur passionné de rugby, réputé pour lancer à toute volée un ballon ovale à la tête de l'étudiant qui entre dans son bureau. Si l'étudiant attrape le ballon, il est accepté d'emblée dans le Collège ; si en plus, il a le réflexe de le renvoyer au professeur, il bénéficiera d'une bourse ; si, hélas, il fond en larmes après avoir reçu le ballon en pleine figure, eh bien n'est-ce pas, il comprendra qu'il sera beaucoup plus heureux dans un autre Collège.

Plus que des connaissances, les candidats doivent avoir du répondant. L'un d'eux se présente devant un professeur qui, sans lui prêter la moindre attention, continue à lire le « Times ». L'étudiant patiente sans se démonter. De guerre lasse, le professeur lui dit d'une voix désabusée : « Bon ! Etonnez-moi ! » L'étudiant sort un briquet de sa poche et met le feu au journal du professeur.

Martin Amis, dans son livre « The Rachel papers », offre quelques tuyaux aux futurs éprouvés : Vous portez des lunettes ? Otez-les avant de pénétrer dans le bureau, leur conseille-t-il, et remettez-les seulement si le professeur a plus de 50 ans ou s'il en porte lui-même.

Votre veste est déboutonnée ou vos cheveux tombent par-dessus vos oreilles ? Si vous avez affaire à un vieux croûton, fermez votre veston avec le bouton du milieu, et rabattez en vitesse vos cheveux en arrière.

Attention enfin à l'accent de votre tourmenteur, qui peut être un accent régional ou distingué, écoutez-le bien, puis mettez-vous à tousser, et dites avec une voix identique à la sienne : « Veuillez m'excuser, je suis un peu nerveux... »

En dernier ressort, les étudiants terrassés par la timidité suivront-ils « les cours de méchanceté » donnés par Mister Chandler ?

Faites ressortir votre Mister Hyde ! Ce professeur d'un genre nouveau compte apprendre à ceux qui se laissent marcher sur les pieds à « être méchant » en osant se rebiffer.

« Le virus de la bonté, commence par expliquer Mister Chandler à l'auditoire ratatiné devant lui, gâche plus de vies que l'alcool ! »

Invité sans plus tarder à une séance de travaux pratiques, chaque apprenti est prié de se tourner vers son voisin, et de lui dire : « Vous êtes un épouvantable porc ! »

Mister Chandler est loin d'être au bout de ses peines. Le plus effronté des apprentis ne réussit qu'à bredouiller : « Je... Je n'aime pas du tout votre chemise ! »

Reste à savoir si tout maso est un sado qui s'ignore ?

88

L'éducation ? Un mot très périmé !

leçons de santé

Nouveau manuel scolaire, un guide du sexe pour les enfants sert de base aux « leçons de santé » données dans certaines écoles primaires. Comment se déroulent ces leçons ?

Selon son inspiration (on a envie de dire « sa libido »), l'instituteur, comme cela s'est déjà produit, commence par encourager ses élèves à crier des « mots cochons », puis peut-être leur dessinera-t-il un vibromasseur sur le tableau noir, sans omettre d'expliquer son fonctionnement, ni de quelle façon il est utilisé. S'il a encore le temps, il les éclairera sur les mystères de la fellation ou de la sodomie.

Rien sur la sexualité des lesbiennes ? Trop tard, la cloche a sonné. Mais la prochaine leçon sera entièrement consacrée aux montées de l'orgasme féminin.

« Alors, ma chérie, que vous a-t-on appris aujourd'hui », demande une mère-grand à sa petite-fille qu'elle est venue attendre à la sortie de l'école.

Imaginez la tête de la mère-grand lorsque la fillette lui répond : « Aujourd'hui, nous avons appris à mettre un préservatif sur une carotte ! »

La mère-grand, d'après Barry Hugill, qui cautionne l'authenticité de l'anecdote dans l'« Observer », ne s'évanouit pas, elle court crier « Au loup ! » au ministère de l'Education, où personne ne se permettra d'insinuer qu'elle est gâteuse.

89

« Savez-vous ce qu'est une " Mars Bar Party " ?, demande un professeur à ses élèves de 11 ans au cours d'une leçon de santé : Non ? Aucun d'entre vous ? »

L'enthousiaste pédagogue s'empresse de combler cette lacune chez les chérubins laissés dans l'ignorance par des adultes aussi frileux qu'hypocrites.

Voilà : le monsieur et la dame (mais il peut y avoir plusieurs messieurs et plusieurs dames) font d'abord fondre « un Mars », puis le monsieur en couvre les « parties intimes » de la dame, et la dame, « les parties intimes » du monsieur. Et après, il faut qu'ils se nettoient l'un l'autre à coups de langue, et c'est très rigolo !

Les parents, auxquels leurs enfants demandent le soir s'ils organisent souvent des « Mars Bar Parties », trouvent la chose beaucoup moins rigolote — même si les bambins ont, au passage, enrichi leur vocabulaire avec le terme argotique « blow job » (« pipe » en français — pas celle qu'on fume !).

Il arrive aussi qu'une leçon de santé débouche sur un psychodrame à caractère sexuel, avec mise en scène du « triangle amoureux », les enfants jouant tour à tour les rôles de Mummy, de Daddy, et de l'amant de Mummy.

Quelle surprise pour quelqu'un d'extérieur à l'école qui entend, depuis le couloir où il passe, la voix d'un petit garçon en train de crier à tue-tête : « Salaud ! Vous avez encore baisé ma femme ! »

L'éducation ? Un mot très périmé !

Les enfants enregistrent-ils leurs leçons de santé ?
Pour s'en assurer, on leur soumet un questionnaire
sexuel baptisé pudiquement « Devenir adulte », avec
questions de cours sur la masturbation, et questions
pièges du style : « Une femme peut-elle tomber
enceinte si elle fait l'amour debout ? »

Dans le lot des élèves, il y en a toujours de plus
zélés que d'autres, comme ce garçon de dix ans qui
inscrit sur le tableau noir le mot « fuck » (« baiser »)
avant l'arrivée de l'institutrice.

Anne Poole (l'institutrice), elle-même très zélée,
et peut-être graphologue distinguée, a la ravageuse
idée, pour traquer le garnement vaniteux qui étale
ses connaissances, d'ordonner aux trente élèves de
la classe de copier dix fois « fuck » sur leurs cahiers !

Quel contraste avec cette bonne Grand-Mammy
qui, loin d'imaginer ce qu'apprend son petit-fils au
cours de ces leçons très particulières, lui montre
avec ingénuité une photographie de la Vénus de
Milo : « Voilà ce qui arrive quand on n'arrête pas
de se ronger les ongles ! »

UN PEU DE SEXE, PEUT-ÊTRE ?

on va au cirque ou on prend le train ?

Plutôt que de potasser le guide du sexe de leurs enfants, des milliers de couples mariés préfèrent retomber en enfance.

Au diable gadgets aux effets gloutons ou à tête chercheuse, ces couples-là avouent faire beaucoup mieux l'amour, une fois déguisés en clowns, une boule rouge sur le nez. Et surtout, après... s'être caressés un petit peu ? Non ! Surtout après s'être livré bataille avec des pistolets à eau.

Le dos résolument tourné à l'enfance, un Roméo s'émeut à la vue d'une Juliette dans le comparti-ment d'un train bondé. La Juliette, qui n'a pas froid aux yeux non plus, reconnaît aussitôt, on s'en doute, son Roméo. « Fatale attraction » oblige, elle s'assoit sur ses genoux sous les regards plombés des autres voyageurs.

De gloussements en soupirs, Roméo et Juliette se conduisent très mal à force de se vouloir du bien. Quelqu'un va-t-il lancer le traditionnel : « Je vous en prie ! Un peu de tenue ! » Non. Quelle dextérité, quelle souplesse, Roméo et Juliette ont-ils lu le

« Kama-sutra » ? Ils ne vont quand même pas oser...
Si ! Ils osent. Ils « le » font.

Pas chiens pour deux pence, les voyeurs involontaires qui les entourent leur donnent, en échange, une magistrale leçon de self-control en ne bronchant toujours pas.

Roméo et Juliette ne s'animent soudain plus. Ont-ils fini ? Ils ont fini. Roméo sort un paquet de cigarettes de sa poche. Juliette fume-t-elle après l'amour ? Comme elle a tous les vices, oui, elle fume.

Et c'est l'émeute ! On crie, on appelle le contrôleur. Comment Roméo et Juliette ont-ils eu l'audace d'allumer une cigarette dans un compartiment réservé aux non-fumeurs ?

harceleurs harcelés

Shocking : quatre étudiantes sur cinq, dans une ville studieuse ou supposée l'être comme Oxford, sont victimes de harcèlements sexuels de tous ordres (une insulte sexiste ne valant pas plus cher qu'une main balladeuse).

A charge de revanche ! D'après Peter McKay, dans l'« Evening Standard », de plus en plus de femmes exercent leur sens de la dérision sur l'outil le plus délicat de l'homme, « appendice d'or » ou idole de tous les temps : son pénis !

Miss Cassidy, une actrice aux fesses talentueuses, ouvre le feu (si on peut dire) en évoquant le véritable « panier-repas » (ce sont ses propres termes) que l'athlète Linford Christie aurait au bon endroit.

Prudente, elle ne parle pas de son appétit devant cet objet de consommation, susceptible de donner à plus d'une donzelle la sensation d'avoir les yeux plus gros que le ventre.

En revanche, une Miss Caroline Kemp avoue son écœurement à la vue de la « monstruosité » exposée par le déshonorable et déshonoré Major James Hewitt — après tout, peut-être Diana a-t-elle eu seulement le fou rire ?

Miss Lesley Player, elle, atteint, avec plus d'efficacité qu'un scandale, un autre Major en la personne de Ron Ferguson (le père de la Duchesse d'York), en déplorant « la pauvreté » du Major « de ce côté-là ».

« Aucune dame ne s'est jamais plainte », de bêler le Major, sans songer que ses autres conquêtes devaient être plus discrètes.

La liste s'allonge ! D'ailleurs, il n'y a pas que la liste — demandez à Barbara Cartland, déjà déguisée en fée et toujours portée à jouer les marraines, qui n'hésite pas à débourser 250 livres (environ 2 300 francs) pour que Saulius Norvilas, un jeune Lituanien, se fasse « allonger » le pénis.

« Tout ce qui peut donner plus d'assurance à un homme est souhaitable », confie par la suite, en connaisseuse, Notre-Dame de la Guimauve.

La pitié, tout compte fait, n'est-elle pas pire que la dérision ?

Face à cette contre-attaque tous azimuts des femmes, certains hommes, déboussolés par les avances éhontées d'ogresses en chaleur, traînent les voraces en justice.

Mister Davies brandit en plein tribunal un mini-slip blanc à rayures rouges, pièce à conviction du harcèlement sexuel dont il accuse son supérieur hiérarchique, Mrs X., une femme d'une trentaine d'années.

Martyr du sex-appeal, il énumère ses déboires devant le juge : « Oui, votre Seigneurie, Mrs X. a commencé par me répéter que j'avais le plus beau derrière de tout le personnel. Ensuite, Mrs X. m'a offert ce mini-slip, et puis elle a exigé que je lui montre s'il m'allait bien. Après ça, votre Seigneurie, Mrs X. n'a plus arrêté de faire des paris sur la taille de ma virilité. »

On ignore si le juge a réussi ou non à retenir ses larmes.

Les mâles british comptent-ils leurs abattis ? « S.O.S. Hommes Battus » (baptisé « Merton Male ») vient d'être créé.

Le fondateur de l'organisation est stupéfait : avocats, officiers de police, pompiers, et même un artiste de cirque, des centaines d'hommes appellent pour dire qu'ils ont été ébouillantés, poignardés, frappés à coups de cendriers ou de barreaux de chaise par leurs femmes. Selon les premières statistiques ces attaques ont lieu à un moment où les bougres s'y attendent le moins, et la plupart du temps à proximité de la cuisine.

Toujours convaincus que la place de la femme est devant ses fourneaux, les machos vont finir par s'en repentir.

twist and scream
 ou
vous jouirez bien encore un peu ?

Un producteur de cinéma loue une petite salle de l'hôpital Saint-Charles à Londres, souvent utilisée pour le tournage de séquences de films ou de télévision. Le jour dit, l'équipe se met en place. Silence ! On tourne !

Au courant de rien, un interne, qui passe par là, s'arrête sur le seuil de la salle, yeux ronds, bouche pendante. Est-il victime d'hallucinations ? Deux ou trois infirmières en culotte et porte-jarretelles s'affairent autour d'un malade, visiblement très en forme pour un cas peut-être désespéré.

Renseignement pris, le producteur avait négligé de préciser au directeur de l'hôpital que la salle louée servirait de cadre à un film porno.

Jim Rose, producteur de ses propres shows au cours desquels il se transperce le corps avec tout ce qu'on peut imaginer de pointu, entraîne dans un recoin ses rivaux japonais, les Tokyo Shock Boys,

99

qui le surclassent en se fourrant des pétards dans le derrière et des scorpions dans la bouche.

Prévoit-il de les clouer sur place ? Pas vraiment. Il compte leur donner une leçon d'« Organ Origami » !

Voilà qui allèche d'emblée les sados-masos du Soleil levant, bien qu'ils ignorent que l'« Organ Origami », appelé aussi « Tours de queue », correspond à 24 manipulations du pénis « inspirées par les principes du modelage » !

« Je leur ai fait le coup du "Pouce enflé", du "Véliplanchiste" et du "Cochon à l'abreuvoir", raconte ensuite Jim Rose avec délectation. Je crois les avoir plutôt surpris. »

Et que penser du Docteur Watson que les trouvailles de Sherlock Holmes font, qui l'eût cru, éjaculer !

Arthur Conan Doyle, pris par la fièvre de l'écriture, était-il lui-même dans tous ses états en notant la chose dans « A study in scarlet » (« La tache écarlate ») ?

Holmes, comme d'habitude, éblouit Watson par l'une de ses brillantes déductions. Il l'éblouit tant que Watson connaît un orgasme fulgurant en s'écriant : « Merveilleux ! » — attention, Arthur Conan Doyle ne dit pas que le bon docteur crie de plaisir, il éclaire seulement le lecteur avec une simplicité tout élémentaire : « Merveilleux ! », éjacula Watson. Et Holmes, qui est un grand puritain qui s'ignore, feint de n'y être pour rien.

LA JUSTICE ?
PRÉSENTEZ-MOI DONC !

question de balance

John Major n'a pas besoin de porter la cape de Zorro pour se métamorphoser en Mister Justice, il agrippe le premier micro qu'on lui tend comme le cou d'un délinquant qu'il aurait surpris en train de lui faire les poches, et soulage ses méninges surchauffées : « Il est temps de condamner un peu plus et de comprendre un peu moins. »

Abandonnons John Major à son aveuglement volontaire, et consultons les psychiatres qui affirment, eux, avoir tout compris.

Les graisses, expliquent-ils, sont vitales pour le cerveau et, par enchaînement, pour l'équilibre mental des personnes. Or, ils découvrent que plus un criminel est violent, moins il a de graisse dans le sang. D'où leur émoi à l'idée que tant d'inconscients cherchent à diminuer leur taux de cholestérol — combien de braves gens, en s'épargnant une hypothétique crise cardiaque, se transforment-ils en potentiels assassins ?

Cruel dilemme : risquer de se tuer en « mangeant gras » ou de tuer en « mangeant maigre ».

Ni gras ni maigre, un garçon de neuf ans entre dans une confiserie et achète des Smarties. Rien de plus naturel en somme.

Souffre-t-il d'une carence de lipides qui le laisse avec des neurones de gangster ? Il met une cagoule, sort un revolver et en menace la vendeuse : « Remplissez ce sac de caramels ou je vous bute ! »

Et comment se nourrit ce garçon de 14 ans qui confesse avoir commis, depuis l'âge de 11 ans, environ 1 200 cambriolages, dont 879 dans des magasins et 113 chez des particuliers — sans compter les 87 voitures qu'il a « empruntées ».

« Je suis désolé, dit le garçon, qui doit être allergique au moindre bout de gras, c'est dans ma nature, et je continuerai à voler ! »

Faudrait-il le gaver comme les oies ? Sans doute elle-même au régime sec, sa mère, qui fait de fréquents séjours en prison pour vol à la tire, a désormais l'entendement trop chétif pour le raisonner et cède au fatalisme : « Qu'y puis-je ? Il ne veut jamais m'écouter ! »

Frederick West, meurtrier en série, est-il l'exception qui confirme la règle ? D'après les photographies de lui parues dans la presse, il semble plutôt bien en chair — à moins qu'il ne se serre la ceinture avant d'étrangler ses victimes avec ?

Ignorant la théorie lumineuse des psychiatres british, un journaliste allemand trempe sa plume dans la choucroute : « C'est typique des Anglais, écrit-il.

En Allemagne, nous n'avons pas comme ça des meurtriers qui tuent en série. »

Les Anglais, qui n'ont jamais oublié un dénommé Adolf, lui répliquent aussitôt : « Dans certains pays un seul suffit. »

affaire d'injustice

Un groupe d'avocats désigne, sur commande, les cinq juges les plus incompétents du pays. Lequel des cinq nominés se verra décerner l'oscar de la nullité ? La concurrence entre les candidats est rude.

Le juge Creswell, accusé d'être « lent comme un corbillard », et indécis au point de passer une matinée entière à se demander quelles céréales il prendra pour son petit déjeuner, est bien placé.

Le juge Ferris, réputé pour son extrême suffisance, a aussi ses chances, ainsi que le juge Rattee qui mérite, paraît-il, le nom qu'il porte et se conduit en conséquence comme un vrai rat.

Le favori serait le juge Harman, célèbre du jour au lendemain pour avoir donné un coup de genou dans « les parties sensibles » d'un chauffeur de taxi. Décrit comme un homme primesautier et d'une impolitesse rare, il s'acharne à perdre ceux dont la tête ne lui revient pas. Au cours d'une séance de tribunal, raconte-t-on, il s'étrangle de rire à la lecture d'un document établissant les preuves d'une fraude colossale : « Quel tissu de conneries ! »

Que le pire gagne !

Abandonnés à leur sénilité, les juges les plus âgés restent « hors concours ». L'un d'eux, déjà passablement ramolli, s'assoupit pendant qu'on lui présente le cas d'un conducteur arrêté pour excès de vitesse. Réveillé en sursaut, il s'écrie : « Bon ! Vingt ans ! »

D'autres juges sont la source d'éternels étonnements.

On cite le cas suivant :

Bob, un jeune prostitué accusé d'avoir tué son copain « Antoinette » en l'assommant, interpelle le magistrat devant lequel il comparaît : « Savez-vous, lui demande-t-il, ce que ça fait de tomber amoureux d'un type en train de changer de sexe, de l'emmener vivre avec soi chez ses parents, puis de le surprendre en plein strip-tease sur la piste de danse du "Flying Saucer", et d'en devenir si enragé qu'on le frappe à coups de tirelire ? » (l'arme du crime, une tirelire, posée sur le comptoir du Club, servait à collecter de l'argent pour une œuvre de charité).

« Non monsieur, répond le juge, très impressionné, je n'ai jamais vécu une telle expérience. » Il décide alors de traiter l'affaire comme une banale dispute domestique entre conjoints.

La justice ? Présentez-moi donc !

« Certaines lois, écrivait Francis Bacon, sont comme des toiles d'araignée, les petites mouches s'y prennent, les grosses passent au travers. »

Roger Levitt, grosse mouche arrêtée pour une faillite frauduleuse de 34 millions de livres (environ 30 millions de francs), laisse 18 000 petits épargnants sur le carreau. Il est condamné. A combien ? Trois, cinq, dix ans de prison ? Non, à 180 heures de travail dans le service public.

A la sortie du tribunal, un journaliste l'apostrophe pour lui demander combien vaut sa maison (estimée à 850 000 livres — pas loin de 8 millions de francs). « Et la vôtre ? », rétorque Levitt. « A peu près 55 000 livres », répond le journaliste. Ricanement de Levitt : « Vous devriez exercer un autre métier ! » Le journaliste insiste : « Pourquoi ne vendez-vous pas votre maison pour rembourser vos créanciers ? » Levitt hausse les épaules : « Et vous, pourquoi ne vendez-vous pas votre manteau pour aider l'homme de la rue ? »

Grand ami du comte Spencer, le frère de la Princesse de Galles, Mister Darius Guppy, gentleman-escroc qui sème trop de diamants derrière lui, est condamné à cinq ans de prison. Help ! Il fait appel. Damned ! L'appel est rejeté. Cauchemar : subira-t-il l'humiliation de monter dans un fourgon cellulaire au bas des marches du tribunal ? Mister Guppy n'est pas un vulgaire détrousseur de vieilles dames. Après avoir posé au bras de sa femme pour les photographes, il donne une conférence de presse telle une star du show business, hèle un taxi et part se remettre de ses émotions dans le meilleur hôtel du coin. La prison ? Il ira demain s'il ne se réveille pas trop tard.

Le même jour, Mrs Edward, condamnée à trois ans de prison pour cambriolage alors qu'elle était enceinte, est sur le point d'accoucher à l'infirmerie du pénitencier où elle est incarcérée. Et elle accouche — bras en croix et menottes aux poignets fixés à l'armature en fer de son lit.

allez vous faire violer ailleurs !

Invités à suivre des cours où on leur apprendra comment aborder au tribunal les cas impliquant tout abus sexuel, les magistrats se retrouvent sur le banc des accusés : ils ont tendance à considérer le viol comme une gaudriole qui aurait mal tourné.

« Jugeons » sur pièces :

Miss X. ? Violée par deux types ?

« Tout compte fait, conclut le juge, elle n'a pas l'air si traumatisée que ça ! »

« Quel âge a notre jeune violeur ?, se renseigne un autre juge dans un autre tribunal. Quinze ans ?... En compensation, il offrira 500 livres (environ 4 500 francs) à sa victime, ainsi pourra-t-elle passer de bonnes vacances ! »

La justice ? Présentez-moi donc !

Un troisième magistrat foudroie du regard la plai-
gnante qui ose pleurnicher : « Vous affirmez, Miss,
que l'homme, qui vous a prise en stop, vous a violée ? Alors là ! Vous l'avez bien cherché ! »

Le juge Gatehouse, après avoir relâché un père
de famille accusé d'avoir voulu abuser de ses trois
filles, rudoie une infirmière de 20 ans, qui a été
violée : « Non mais ! Faire tant d'histoires pour un
viol tout ce qu'il y a de plus ordinaire ! »

Quant au juge Starforth-Hill, il estime, après
mûre réflexion, que la gamine de 8 ans tombée
entre les pattes d'un adolescent lubrique, « n'a,
après tout, rien d'un ange ! »

Deux ans après avoir subi de graves sévices
sexuels, une autre fillette, celle-là de 6 ans, est
contrainte de revivre devant un tribunal l'épreuve
qu'elle a endurée, car Terence Hadenham, l'homme qui l'a violée, plaide non coupable.
A la fin du procès, le juge Whitley décide de rétri-
buer la fillette, il lui offre 50 livres (environ 450
francs) pour s'être montrée aussi brave en racontant
à la Cour ce qui lui était arrivé, puis il décrète que
Terence Hadenham, bien que reconnu coupable,
n'ira pas en prison. Pourquoi ? Parce que le pauvre
homme, faute de pouvoir établir des relations
suivies avec une femme, est déjà traumatisé. Et
regardez-le ! Il porte un œil de verre, il est difforme,
et pratiquement sourd par-dessus le marché — les

autres prisonniers, si on l'incarcérait, finiraient par le tourner en ridicule !

ne pas déranger, s'il vous plaît

Vous surprenez deux adorables gamines de 12 ans en train de couvrir votre voiture d'ordures.

Comment réagissez-vous ?

1 — Vous les remerciez de vous faire prendre conscience, grâce à leur geste symbolique, du problème de la pollution posé par le surnombre des véhicules.

2 — Vous les félicitez pour leur sens artistique, et les encouragez à développer leurs dons de création spontanée sur les autres voitures.

3 — Vous n'êtes pas des plus enthousiastes d'être le pôle de leur attention, mais vous comprenez en un quart de seconde que cette action traduit le désarroi profond d'une certaine jeunesse, et vous entamez le dialogue.

4 — Ou alors, vous êtes, comme le propriétaire de la voiture choisie par les deux nymphettes, une brute bornée dénuée d'humour, et vous les giflez.

Du coup, vous êtes arrêté par la police, condamné à 160 livres d'amende (environ 1 400 francs) pour avoir agressé deux mineures, et sommé de donner à chacune d'elles 15 livres (environ 135 francs) en compensation.

Bien fait pour vous ! Reste à espérer que ça vous servira de leçon, et que vous aurez la décence de vous taire, contrairement au violent ostrogoth rappelé à l'ordre : « J'ignorais, a-t-il le culot de protester, qu'avoir sa voiture couverte d'ordures était un privilège pour lequel il fallait payer ! »

Faut-il être bouché !

passeports pour l'horizon

Les Attila en pleine croissance s'engageront-ils sur la voie de la rédemption si, au lieu de les punir pour leurs larcins, on les en récompense ?

Sorry, on ne récompense pas, on « élargit l'horizon ».

Que la police, plutôt bornée, s'acharne à vouloir arrêter une terreur de 15 ans, vague de crimes à lui tout seul, est inévitable. Mais après ? Dieu merci, son extrême jeunesse lui épargne la prison. On ne va pas non plus le prendre pour un imbécile en essayant bêtement de le raisonner. Alors ?

Alors, il n'y a plus qu'à lui élargir son horizon. Comment ? En lui offrant un appartement pour le stabiliser. Un appartement déjà décoré, bien sûr ? Non ? Mais ça va le déprimer ! Qu'on lui donne vite 800 livres (un peu plus de 7 000 francs) afin qu'il s'achète un peu de peinture. Quoi ? S'il récidive ? Eh bien on lui trouvera un appartement plus grand, voilà tout !

111

Il y a des horizons, selon les cas, qu'on élargit plus que d'autres, tout dépend de la performance de ceux qui ont la chance d'être arrêtés.

Heureux gagnants, un déluré cambrioleur et un joyeux casseur de voitures ont eu la main heureuse : billets d'avion en main, ils s'envolent pour l'Afrique où ils feront une suite de safaris d'Etat en Etat.

Si, à leur retour, ils attaquent une banque, décrocheront-ils un tour du monde ?

Ces horizons élargis suscitent jalousies et rancœurs d'un public qui voit le sien plutôt bouché.

Arrêté lui aussi pour la énième fois, une autre terreur de 15 ans reçoit 200 livres (environ 1 800 francs) pour qu'il se paie une combinaison de plongée avant de partir pour les Iles Canaries où il passera « un séjour thérapeutique » d'un mois. Mais les envieux poussent de tels cris que son voyage est annulé.

On lui élargira quand même son horizon, mais en Angleterre ! N'empêche : « Je suis effondré, avoue le persécuté. Moi qui ne suis jamais allé à l'étranger ! Ce n'est vraiment pas juste ! »

La B.B.C. se charge de réparer le traitement barbare subi par des aristos de la mitraillette auxquels on a infligé le même bout de ciel derrière les mêmes barreaux durant vingt ou trente ans.

Des milliers de livres (plusieurs dizaines de milliers de francs) les attendent pourvu qu'ils acceptent de raconter leurs exploits sanguinaires à la télévision.

Il faut bien que le crime paie un petit peu.

Comme sur une autre planète, un bobby d'une bourgade du Kent est réprimandé pour n'avoir procédé qu'à une seule arrestation pendant l'année. Menacé d'être muté dans une jungle urbaine s'il ne s'efforce pas d'être plus performant, il est le premier à refuser qu'on lui élargisse son horizon.

« Si je ne suis plus là, qui se chargera du feu d'artifice de la Saint-George ? », se défend-il.

Ingrates, les autorités ne voient là qu'une nouvelle forme de délinquance propre à être guérie sous d'autres cieux.

LA SANTÉ ?
ÇA NE VA PAS FORT !

check-up

Combien faut-il de directeurs de la « National Health » pour changer une ampoule électrique ? Six !

Une commission d'enquête, révèlent Jo Revill et Finola Lynch dans l'« Evening Standard », a dû se rendre à l'évidence : les démarches, pour obtenir une ampoule électrique, passeront par 17 bureaux administratifs et mobiliseront six directeurs pendant environ vingt minutes avant d'aboutir.

« Y a-t-il quelque chose de pourri dans le Système britannique de la Santé ? »

On licencie, par mesure d'économie, sages-femmes et infirmières (quitte à réintégrer certaines en qualité d'aides-soignantes), mais on multiplie le nombre de bureaucrates : 3 780 de plus en cinq ans.

Alors qu'on ferme, faute de fonds, services des Urgences et hôpitaux, les directeurs de la « National Health » dépensent 24 millions de livres (en gros 216 millions de francs) en voitures de fonction.

117

Votre état de santé nécessite une intervention chirurgicale ? On vous demandera de patienter (parfois, pendant trois ans), parce que les chirurgiens ont reçu l'ordre de retarder les opérations afin de ne pas dépasser leurs budgets.

On n'hésite pas, cependant, à débourser 1 million de livres (à peu près 9 millions de francs) pour que 64 directrices d'hôpitaux suivent des cours où elles apprendront à « diriger » et à « peaufiner leur image de marque ».

De très nombreux enfants malades ou dans un état critique ne peuvent recevoir de traitements appropriés parce qu'on manque de personnel spécialisé et de lits — pour exemple, une petite fille de 3 ans, prise d'une grosse crise d'asthme, qu'on est obligé d'hospitaliser à Cambridge, car les services de pédiatrie londoniens ne disposent plus d'aucune place.

Or, des hôpitaux « modèles » de Chelsea et de Westminster, rénovés pour la bagatelle de 200 millions de livres (presque 2 milliards de francs), sont condamnés à rester avec des lits vides. Si on prévoit d'ouvrir malgré tout une salle, elle sera réservée aux patients assez fortunés pour payer leurs frais d'hospitalisation.

Economie ou mépris du public ? On remet en état une aile de Guy's Hospital (un hôpital londonien). Le coût des réfections se monte à 140 millions de livres (plus de 1 milliard de francs). Les travaux terminés, le Gouvernement annonce son intention de fermer l'hôpital.

De même, « pourquoi, interroge A.N. Wilson dans l'"Evening Standard", l'Etat gaspille-t-il 180 millions de livres (un milliard et demi de francs) pour entretenir une clinique privée située dans un quartier pauvre de Glasgow, où, de toute évidence, les gens n'ont pas les moyens de se faire soigner ? »

Il n'est pas rare, vu les réductions de personnel, que des vieillards se perdent et errent à travers les hôpitaux. On parle d'un homme, porté disparu à une heure de l'après-midi, qu'on retrouve seulement le lendemain à trois heures : il était coincé dans un ascenseur dont les portes ne s'ouvraient plus.

Pendant ce temps, les bureaucrates de la « National Health » accablent de paperasses les directeurs des hôpitaux, et dépensent de la sorte 619 839 livres en six mois (en gros 5 600 000 francs), somme égale à celle de vingt salaires de jeunes internes.

Un cas typique : prise de malaises, Mrs Phillips appelle une ambulance à trois heures de l'après-midi.

L'ambulance débarque à sept heures du soir. Quand on demande aux ambulanciers pourquoi ils sont tellement en retard, ils répondent que le Service dont ils dépendent refuse de payer des heures supplémentaires. On ne dispose pas, en conséquence, d'un nombre suffisant de véhicules.

Une fois à l'hôpital, Mrs Phillips est auscultée :

elle souffre d'une crise d'appendicite. On la laisse ensuite sur un brancard dans un couloir, faute de chambres disponibles. A minuit, on la transfère dans un autre hôpital où elle arrive à une heure du matin.

Le lendemain, on opère Mrs Phillips d'une péritonite.

Mais si Virginia Bottomley, le ministre-fléau de la Santé (déjà citée), décide de se rendre à l'hôpital londonien de Charing Cross, on procède, avant sa visite, à « un nettoyage de printemps » dont le montant s'élève à 15 000 livres (135 000 francs environ), soit le prix de quatre opérations de la hanche.

Toby Jessel, député conservateur, demeure optimiste envers et contre tout : « Le principal est que les patients ne meurent pas ! »

Rappelons-nous le mot d'Oscar Wilde, contraint de subir une intervention chirurgicale coûteuse : « Bon ! Je crois que je vais devoir mourir au-dessus de mes moyens ! »

Hippocrate ? Connais pas !

Avis : abstenez-vous de tomber malade après dix heures du soir. Les médecins de famille en ont assez d'être, « pour un rien », arrachés à leurs ripailles mondaines ou tirés d'entre les bras de Morphée ou de qui que ce soit : ils ne se déplaceront plus la nuit, ni d'ailleurs, pendant le week-end.

La santé ? Ça ne va pas fort !

Si vous êtes assez bête pour vous sentir mal à des heures impossibles, appelez plutôt un taxi — à moins que vous ne soyez en état de conduire pour vous rendre, sans l'aide de personne, au centre de soins le plus proche — auquel cas, vous démontrerez que vous êtes un emmerdeur-né qui s'affole dès qu'il a le moindre pet de travers.

Le nombre des suicides, affirme-t-on, augmente. Les plus déterminés à en finir pourront se flinguer la nuit pour être certains de ne pas être secourus.

De plus en plus de praticiens donnent libre cours au petit führer qui sommeille en eux.

Un médecin décrète qu'il cessera de soigner les douze membres d'une même famille sous prétexte que l'un d'eux s'est montré grossier à l'égard de sa réceptionniste.

Un autre prend des mesures semblables à l'encontre de ses voisins, après avoir été leur médecin pendant douze ans, pour une histoire de voitures mal garées.

Il y a mieux : des chirurgiens annoncent de but en blanc qu'ils ne comptent plus opérer les gens qui boivent ou fument trop ! Il est vrai que les bien-portants posent beaucoup moins de problèmes.

Sharif Khan, dentiste de son état, prévient lui aussi qu'il cessera de soigner les enfants qui mangent trop de bonbons. « Si les parents, dit-il pour justifier sa décision, sont incapables de prendre soin des dents de leurs enfants, comment pourrais-je arrêter les dégâts ? » Loin de le blâmer, Mister Amolak Singh, le secrétaire général de l'Association des dentistes, lui accorde un bon point. « Le ministère de la Santé, déclare-t-il, persiste à se désintéresser des dents de la nation ! » En accord avec les membres de l'Association, il demande qu'on taxe les sucreries au même titre que l'alcool et le tabac afin de réduire le nombre des caries chez les enfants. Mais Mister Singh est pessimiste : « Nous écoutera-t-on ? Le lobby du sucre est très puissant ! »

On admet aujourd'hui en Grande-Bretagne que la plus terrible des maladies est d'avoir plus de 65 ans.

On renonce à compter les personnes renvoyées chez elles sous prétexte qu'elles sont trop âgées pour recevoir un traitement.

D'une franchise catastrophique, Sue Marshall, une kinésithérapeute, annonce la couleur à la télévision : « Il est tout de même plus important de soigner les gens de moins de 65 ans, car ils sont susceptibles de travailler. »

Vous chipotez ? D'accord, elle n'a pas employé le mot « rentable ».

Qui vivra ? Qui mourra ? Un ordinateur, baptisé « machine du jugement dernier » par la presse, en décidera.

Programmée pour étudier les chances de survie des malades gravement atteints, la machine, qui a l'avantage de ne pas avoir d'états d'âme, se conduit en Pythie électronique dès qu'on la consulte, et désigne ceux dont elle prévoit la mort dans les trois mois à venir : leurs noms apparaissent sur son écran, suivis, au cas où on aurait l'ombre d'un doute, d'un petit cercueil noir flanqué d'une croix blanche.

Le docteur Bihari, à la tête du département des soins intensifs dans un hôpital de Londres, déclare qu'il n'aura bientôt plus le choix, il va être obligé, vu la réduction des budgets, d'utiliser la machine afin d'identifier « les condamnés » dont il devra, au nom de Sainte Economie, interrompre le traitement.

S'étonnera-t-on si le docteur Bihari s'apprête à émigrer en Australie ?

Au cas où les patients auraient encore quelques illusions, Roy Lilley, le Martien psychopathe qui sert de grand patron à la « National Health », frappe d'un poing rageur son bureau directorial : non et non ! Le premier devoir du médecin n'est pas d'être dévoué à ses malades !

A-t-on bien compris ? Ou bien le Martien s'exprime-t-il mal ? Poussé dans ses retranchements, le Martien récidive : « Plus j'y pense, plus je suis convaincu qu'il est non seulement erroné, mais aussi stupide et dangereux, d'entretenir la pensée qu'un médecin puisse faire passer ses malades avant tout ! »

Mais... Mais à qui le médecin doit-il être dévoué en priorité ? La réponse est catégorique : « A l'organisation (la « National Health ») qui l'emploie ! »

Tous ceux qui obéiront à Big Brother diront-ils par la suite qu'« ils n'ont fait qu'obéir » ?

traitements de choc

Dans une maison de retraite de Whitechapel, un quartier de Londres autrefois très prisé par Jack l'Eventreur, une vieille dame de 91 ans, Rachel Blitz (nom fatal), est plongée tout habillée dans un bain d'eau bouillante. Il faut dire, les vieillards, ça ne cesse pas d'avoir froid.

Déjà atteinte de démence sénile et « grossièrement » déformée (ainsi est-elle décrite), à présent, elle est en plus cuite à 40 %.

« C'est louche ! », aurait dit un policier.

Dans une autre maison, deux estropiés sont contraints de marcher sans béquilles ni aucune aide jusqu'à ce qu'ils s'affalent.

Lequel est tombé le premier ? On ignore si les infirmiers, responsables de ce nouveau genre de course, ont ouvert des paris.

Une femme, ni gâteuse ni bancale, mais affligée de deux kystes à une jambe, entre à l'hôpital Saint-Thomas de Londres pour se les faire enlever.

On lui retire le premier, puis : problème ! On l'avertit qu'il n'y a plus de produit anesthésiant (car le budget de l'hôpital a été dépassé) pour retirer le deuxième.

Allons, un peu de cran ! On lui offre un bâillon pour qu'elle morde dedans pendant qu'on lui charcutera la jambe.

124

La santé ? Ça ne va pas fort !

Judy Jones, dans l'« Observer », crée quelques ondes de choc lorsqu'elle rapporte que l'euthanasie se pratique en douce dans les hôpitaux britanniques. On ne « débranche » personne, on laisse seulement mourir de soif des malades en phase terminale, en supprimant le goutte-à-goutte qui les maintient en vie.

On présume que ces malades-là ne souffrent ni de la faim ni de la soif. Comme aucun d'eux n'est revenu pour se plaindre de la façon dont on l'a expédié dans l'autre monde, on continue à le supposer.

« Guérissez le mal et tuez le patient ! », ironisait Francis Bacon.

à la carte

On envisage de demander aux filles de porter sur elles, dès l'âge de 16 ans, des cartes de donneuses d'ovules. Leur brusque décès pourrait faire la joie des couples sans enfants.

A quand le marché aux ovaires ? Peut-être bientôt. On se « tâte » pour savoir s'il ne serait pas utile de permettre aux femmes de se poser en donneuses d'ovaires.

Il ne reste plus aux hommes qu'à offrir leurs testicules — sur une carte en guise de plateau.

de profundis

« Mourir confortablement coûte beaucoup d'argent », notait Samuel Butler.

Imaginez l'inflation depuis le xviie siècle ! Sans parler de confort, le coût de la mort, d'après un reporter du « Daily Express », galope encore plus vite que le coût de la vie. « On meurt moins aujourd'hui », souligne-t-il avec une candeur teintée de nostalgie. Vraiment ? Si si, c'est le problème. Le « client » étant plus rare, les prix montent (surtout celui des enterrements qui aurait augmenté de 40 % en cinq ans).

Comme la mort reste taboue, les gens ne sont pas plus raisonnables que les prix, ils ne songent donc pas à stocker couronnes et cercueils avant qu'ils ne deviennent inabordables. Le moment venu d'enterrer un cher disparu, essaient-ils de rechercher des articles funéraires d'occasion ou moins chers ? Pas du tout ! Ils jettent leur argent dans la tombe !

En fait, on manque de supermarchés mortuaires.

George Swanson ne compte pas non plus. L'accord des autorités en poche, il se fait creuser un tombeau de la grandeur d'un garage souterrain pour y être enterré aux commandes de sa Chevrolet blanche.

George une fois dead, la veuve Swanson, nullement jalouse de voir sa rivale triompher pour l'éternité, suit à la lettre les instructions de son défunt husband : après un petit tour au crématorium, elle place l'urne contenant les restes de ce dernier derrière le volant de la belle Américaine. Et le couple inattendu formé par ce Tristan de cendres et cette Iseult de tôle est déposé, à l'aide d'une grue, au fond, comme on dit, de sa dernière demeure pour son dernier voyage.

Savoir si George Swanson, de son vivant, roulait à tombeau ouvert ?

Beaucoup moins fortunés, d'autres se laissent enterrer par leur solitude.

John Sheppard, un retraité oublié par tout le monde sauf par les ordinateurs qui accumulent à son intention traites et loyers impayés, est découvert chez lui dans « un état squelettique » par des employés municipaux.

John Sheppard était mort depuis quatre ans.

John Sheppard n'ayant pas de famille, aucune inscription sur sa pierre tombale ne risquera de provoquer la colère du Révérend Stephen Brian. Pas de « A mon daddy » ou de « A notre dear Jojo ». Bref, aucun terme trop familier du même style que le révérend interdit formellement dans le cimetière où il officie. « Une question de dignité ! », dit-il.

« N'oublions pas que nous nous adressons au futur », lance l'évêque de Peterborough qui approuve la censure du Révérend.

Enfin un ecclésiastique qui croit à un futur après la mort.

LA CULTURE?
DEMANDEZ LE MINISTÈRE
DE LA RIGOLADE

Terry la menace

Qu'est-ce qu'un danseur de ballet pour Terry Dicks, député conservateur ? « Un type qui se pavane en collants de femme. »

Terry Dicks, auquel il manque un tablier de boucher, n'a qu'une idée dans sa grosse tête : la suppression pure et simple du budget de la culture.

Etre surnommé « l'Antéchrist du monde des arts », ou « Phil » (pour « Philistin ») par sa femme, ne trouble pas notre homme. Lorsque des aventuriers intellos lui suggèrent que les prestations du chanteur Pavarotti font désormais partie du patrimoine culturel, il sort son couteau : « Je refuse, tonne-t-il, de considérer comme mon patrimoine culturel un mec de 140 kilos qui prétend peser deux fois moins et se dit deux fois plus jeune qu'il n'est ! »

migraines à Covent Garden

Frederic Stocken (compositeur dit « traditionaliste ») fonde un groupe de « Siffleurs » à seule fin de huer l'opéra de son rival, Sir Harrison Birtwistle (compositeur dit « moderniste »).

« Quand les égouts acoustiques appelés "Gawain", prévient-il gentiment, achèveront de couiner et de crachoter, la milice des défenseurs de l'harmonie se lèvera pour conspuer ! »

Il faut dire que les musiciens chargés d'interpréter l'œuvre de Birtwistle l'« exécutent » déjà eux-mêmes en la baptisant « Migraine ».

« Pourquoi, enchaîne un jubilant Stocken, vend-on les places à moitié prix pour un opéra destiné à un immense succès ? » Inutile de lui souffler la réponse, il l'a : « Pour permettre aux gens de couvrir leurs frais en aspirine ! »

Imperturbable, Sir Harrison Birtwistle n'en compose pas moins un autre opéra, intitulé « La deuxième Mrs Kong », qui met en scène Orphée et Eurydice entourés de curieux personnages, tels que l'énigmatique Innana, une ancienne reine de beauté flanquée de son mari, Mister Dollarama, et de son gourou, Swami Zoum Zoum !

« Les bêtises habituelles !, trompettent à l'avance Stocken et ses Siffleurs, prêts à semer la panique à Glyndebourne où l'opéra sera représenté.

Seraient-ce les polémiques, ou bien le stress, qui poussent les musiciens à boire ?

Des médecins se réunissent à Londres pour discuter du problème grandissant de l'alcoolisme symphonique qui décime les orchestres.

Birtwistle, dont on loue ou dénonce « les discordances modernistes », a-t-il songé à récupérer les

« hic » et les « couacs » en les incluant dans ses arrangements musicaux ?

Ce n'est pas l'alcoolisme qui laisse sans voix le chanteur Anthony Michaels-More dans les coulisses du Royal Opera House, au cours d'une représentation de « Manon Lescaut », mais une laryngite aiguë.

Nouvelle migraine : le spectacle doit continuer à tout prix. N'écoutant que le cri d'alarme de son compte en banque, l'un des producteurs endosse un costume, entre en scène, et feint de chanter tandis qu'un ténor, qui connaît le rôle, s'égosille derrière les décors. De marbre, le public semble ne s'apercevoir de rien.

Frederic Stocken n'était pas dans la salle ce soir-là.

vous exposez ? Vous avez tort !

« Tiens ! Bizarre !, s'étonne Megan Tresidder, en arrivant chez Brian Sewell, vipérin critique d'art qu'elle vient interviewer pour l'« Observer ». Aucune trace d'échauffourées le long de l'allée, pas de poisson mort qui pourrit sur le seuil de la maison ! »

Brian Sewell apparaîtra-t-il alors avec un œil au beurre noir ? Ce ne serait pas la première fois. Quand on affirme comme lui que « la plupart des artistes contemporains sont d'une stupidité abyssale, sans éducation, incohérents et, en définitive, d'abjects ratés », on finit par servir de palette à ses victimes.

Brian Sewell ne critique pas, il assassine. Lui-même avoue être « possédé » lorsqu'il écrit, par exemple, que si le peintre John Bellany n'avait pas subi avec succès une greffe du foie, il aurait épargné au monde bon nombre d'exécrables tableaux !

Jusqu'au « Turner Prize » (prix très prestigieux décerné chaque année à un jeune artiste) qu'il traite de « minable petite manifestation » — et qu'on ne lui parle pas du « Champ de riz » exposé par l'un des finalistes, loué pour sa beauté éthérée et favori du public, il a déjà écrit ce qu'il en pensait : « Flan-quez un tas de fumier dans une galerie et vous atti-rerez la même curiosité ! »

Etrange que Sewell n'ajoute pas sa goutte de vitriol aux commentaires outrés que provoque, dans la ville de Hull, une exposition dont le clou est une femme (en chair et en os) allaitant un enfant (tout aussi en chair) derrière une vitrine.

Notez, on peut y admirer aussi un Sisyphe des temps modernes incarné par un homme occupé à déplacer vingt-huit blocs de ciment autour de la galerie.

Si on ne s'est pas encore pâmé, on tremblera d'émotion en regardant les vidéos qui montrent des gens en train de faire leur marché.

Accusé de manquer de compassion, Brian Sewell proteste : « Au contraire ! J'en montre beaucoup en restant parfois silencieux. »

En revanche, Sewell semble pris de convulsions à la mention du nom d'Helen Chadwick. Il n'est pas le seul. La direction de Cadbury (fabricants de chocolats à « l'image familiale et bien-pensante ») jure que jamais, au grand jamais, elle n'a sponsorisé « Effluvia », la dernière exposition d'Helen Chadwick, dont la pièce maîtresse est une fontaine de chocolat baptisée « Cacao ».

Diable ! Pourquoi tant de réticences ?

Il suffit de lire le catalogue de présentation : « Avec "Effluvia", est-il expliqué, Miss Chadwick continue à développer les thèmes de la génitalité, de la miction, de l'infection et de la pourriture... »

Quelques autres petites précisions ? Voici :

« La fontaine de chocolat, associée à la terre, à la merde et aux viles matières, est à la fois dérangeante et libératrice (mais bien sûr, chérie) ; et les éruptions soutenues d'un phallus en cacao, cerné par les percées obscènes de bulles visqueuses, prouvent d'une façon parfaitement évidente que les formes n'ont rien d'objets inanimés. »

Miss Chadwick, qui estime en toute humilité que son œuvre est aussi belle que somptueuse, est époustouflée de ne pas être encensée. « J'admets, dit-elle avec un sérieux confondant, que ma précédente exposition : "Piss Flowers" (ou "Fleurs de pisse" — coulées de bronze reproduisant des flots d'urine parmi lesquels l'artiste a placé des photographies d'elle-même au milieu d'une végétation en décomposition — ait pu être controversée, mais s'il vous plaît, ne critiquez pas ma fontaine ! »

135

Vous n'êtes pas convaincu ? « Je ne cherche pas, ajoute Miss Chadwick, à donner un sens précis aux choses, mais à faire démarrer avant tout le train de la pensée. »
Dans le mille !

Et maintenant, comment se rendre chez le sculpteur Damien Hirst qui vient d'acheter une maison au fin fond du Devon ?
Craig Brown n'a pas besoin d'être critique d'art pour nous indiquer le chemin à suivre : « Arrivé au premier champ plein de moutons en papier mâché, vous tournez sur la gauche, puis vous vous dirigez jusqu'à la prairie occupée par des veaux coupés en deux, vous empruntez alors la seconde route sur la droite, et une fois passé à proximité du requin empaillé qui se dore la pilule, ventre en l'air, dans le bassin du village, vous bifurquez à nouveau sur la gauche et vous y êtes, vous apercevez la maison, juste derrière le groupe de fermiers en colère qui agitent des fourches ! »

Sir Edward Heath, qui n'a pas non plus la prétention d'être critique d'art, étonne par l'admiration qu'il voue aux œuvres homophiles de « Gilbert et George », deux artistes d'avant-garde portés sur le symbole phallique comme on pourrait l'être sur la bouteille.
Intitulées « Homme à plat », « Par-dessus » ou « Coup de langue », leurs créations sentent la chair fraîche de garçons musclés et peut-être même le sable chaud. Et si on est assez naïf pour leur deman-

der pourquoi ils ne représentent jamais de femmes, Gilbert et George répondent en chœur : « Il y a assez de pouffiasses dans l'art comme ça ! »

Mais : « Oh my God, non ! Vous pensez bien que jamais Sir Edward n'achèterait de telles œuvres ! », s'indigne le secrétariat de l'ancien Premier Ministre. Ah ? Et pour quelle raison ? « Elles jureraient avec sa collection d'impressionnistes, voyons ! »

Certaines attitudes seraient-elles pires que des critiques ?

Picasso, au cours d'un séjour en Angleterre, émet le souhait de rencontrer le peintre Duncan Grant. Vanessa Bell, la femme de Grant (et sœur de Virginia Woolf), fait aussitôt savoir à Picasso que : « Non merci, nous avons déjà quelqu'un qui vient prendre le thé. »

Gainsborough, sur son lit de mort, aurait prononcé ces derniers mots : « Nous allons tous au paradis, même Van Dyck ! »

mais qu'est-ce que vous nous racontez là ?

Quelle mouche pique Benjamin Disraeli lorsqu'il déclare à la reine Victoria : « Votre Majesté est à la tête de la profession littéraire. » Flatterie ? Aberration momentanée ? Ou cynisme, vu que la Morale de l'époque est une implacable ennemie des Lettres.

Les Victoriens (il y en a encore) ont la peau aussi

dure que leur mauvaise foi. A la suite de l'adaptation de « Martin Chuzzlewit » à la télévision, un article, dans le « Daily Mail », proclame que Dickens n'était, après tout, ni libéral, ni le saint patron des classes défavorisées. Dickens n'était qu'un bon vieux tory ! Qu'il ait dépeint de livre en livre la cupidité, la veulerie et l'hypocrisie des conservateurs de tous poils de l'époque, n'effleure pas l'esprit du commentateur. Dickens est réquisitionné pour être présenté comme « l'un des nôtres », autrement dit : « Un vrai réac. »

Rebecca Fowler nous surprend aussi en nous communiquant le résultat de ses recherches : il y a de fortes chances pour qu'Emily Brontë ait écrit un deuxième livre, qui pourrait être la suite des « Hauts de Hurlevent ». Des lettres récemment découvertes, ainsi que des papiers en provenance de collections privées et des archives de la famille Brontë, permettraient d'en soutenir l'hypothèse.

Juliet Barker nous surprend encore plus en nous révélant, à la suite de ses propres recherches, ce qui serait advenu de ce deuxième manuscrit.

Aïe ! Charlotte Brontë, l'auteur de « Jane Eyre » et la sœur aînée d'Emily, l'aurait détruit afin de préserver la réputation de la famille après le scandale causé par « Les Hauts de Hurlevent » — révulsée, l'Angleterre victorienne avait piétiné le livre que les critiques jugeaient « bestial, grossier et vulgaire ».

Irrécupérable Emily. Sûrement pas « l'une des nôtres ».

« On le dit » ou « on ne le dit pas ? » Les Editions Faber, d'après Richard Brooks, de l'« Observer », seraient sur le point de livrer un secret bien gardé depuis longtemps : des passages entiers des poèmes de T.S. Eliot (notamment du « Pays perdu ») auraient été composés par Vivien, sa première femme — l'écriture de certaines pages des manuscrits originaux serait identique à celle des lettres rédigées par Vivien.

Aussi bien gardé, un autre secret semblerait lié au premier : T.S. Eliot aurait, sans sourciller, expédié Vivien, sujette aux dépressions nerveuses, dans un asile. Le témoignage de la poétesse Edith Sitwell tend à le confirmer : « Tom est devenu fou, déclare-t-elle à l'époque, et il a fait promptement interner sa femme. »

Les fans de Virginia Woolf, eux, s'arrachent les cheveux : on s'apprête à raser Asheham House, à Beddingham dans le Sussex, où l'écrivain a vécu de 1912 à 1919. La maison serait un repaire de spectres (dont celui de Virginia ?). Elle l'était déjà du vivant de l'auteur. Virginia a même écrit une nouvelle à son sujet, intitulée, cela coule de source, « La maison hantée ». En tout cas, les portes ne cessent d'y claquer ; et une vieille dame, en pèlerinage littéraire sur les lieux, s'est fait écraser par un camion qui n'avait rien d'un camion fantôme.

petits sourires en coin

De tout temps, les gaietés de la vie littéraire font le bonheur des échotiers et du public.

Quelques échantillons — juste pour le plaisir :

Les éditeurs, on le sait, sont faits pour s'entendre avec les auteurs comme les chiens avec les chats.

Byron étonne un jour son éditeur en lui offrant une Bible. Byron reparti, l'éditeur s'aperçoit que le poète a pris soin de laisser dépasser un marque-page. Intrigué, il ouvre la Bible à cet endroit, et son œil tombe sur un passage de l'Evangile. Il y est question de l'arrestation de Jésus, et bien sûr, de Barrabas qui « était un voleur ». Mais Byron avait rayé « voleur » pour écrire à la place « éditeur »... Barrabas « était un éditeur ».

Miss Hannah More, qui n'était pas éditeur, confie à Samuel Johnson sa consternation après avoir lu des sonnets de l'auteur de « Paradis perdu ». Elle les juge d'une grande pauvreté.

« Madame, lui réplique Samuel Johnson, Milton était un génie capable de sculpter un colosse dans le roc, mais incapable de sculpter des têtes dans des noyaux de cerise. »

Les auteurs entre eux ? Pas le beau fixe.

Tennyson, qui n'avait pas la réputation d'avoir la dent dure, fait ce commentaire à propos de Thomas Carlyle et de sa femme : « Comme Dieu est bon

d'avoir uni Carlyle à Mrs Carlyle, rendant malheureux de la sorte deux personnes au lieu de quatre. »

Il arrive aussi que des auteurs « se fusillent » eux-
mêmes avant que leurs petits camarades ne s'en
chargent.
Sir Sacheverell Sitwell raconte qu'au cours d'une
nuit d'insomnie, il décide de lire un peu de poésie.
Il en lit donc, et très vite, trouve ce qu'il lit si
mauvais qu'il lance, de rage, le livre à travers la
pièce. Le lendemain matin, il ramasse l'ouvrage.
Stupeur : il découvre que c'est son propre recueil
de poèmes.

D'autres auteurs, dits « engagés », tel Harold Pinter, ont quelques petites obsessions « politiques »
qui intriguent.
Harold Pinter est convaincu que les chevaux de
la police montée britannique sont entraînés à se
soulager sur les manifestants. Ce serait même un
vrai dada !

D'autres auteurs encore, comme le zoologiste
Desmond Morris, ont la surprise d'être pris pour
ce qu'ils sont peut-être devenus en dépit d'eux-
mêmes.
A Las Vegas pour y tourner « L'animal humain »,
un film commandité par la B.B.C., Desmond
Morris est obligé de reprendre, une nuit, plus de
dix fois la même scène à cause de la circulation.
Chaque fois, il fait le pied de grue devant le même
night-club, si bien qu'une entraîneuse du club, per-

suadée qu'il est un grand timide, l'aborde pour lui demander s'il ne veut pas entrer. « Désolé, lui dit Desmond Morris, je travaille ! » Se rendant aussitôt compte que sa réponse peut prêter à confusion, il essaie de se justifier. « T'inquiète pas, mon chou, l'interrompt l'entraîneuse. On en voit des vertes et des pas mûres à Las Vegas. »

Il y a enfin les auteurs qui n'en ratent pas une. C'est le cas de Barbara Cartland.

Que les couples qui battent de l'aile suivent ses conseils et lisent « Amour au Ritz », son 490e roman. Leur lecture achevée, ils laisseront tout tomber pour imiter le cordon-rose des sauces romantiques et courront au Ritz y vivre une seconde lune de miel. S'ils n'en ont pas les moyens ? « Les pauvres n'ont qu'à partir camper », recommande Dame Barbara.

On est près du peuple ou on ne l'est pas. « Madame est si bonne », doivent dire ses employés, et s'ils ne le disent pas, madame se charge de le dire à leur place. « Je leur rapporte toujours quelque chose de mes voyages, raconte-t-elle, épatée par sa prodigalité. Si je vais, par exemple, à Edimbourg, eh bien je n'hésite pas, je leur rapporte un sucre d'orge ! » Tout n'est pas complètement rose malgré les apparences. « L'ennui, poursuit Dame Barbara, le faux cil battant, c'est que mes chauffeurs s'enfuient toujours avec mes femmes de chambre ! Comme je parle beaucoup d'amour dans mes livres, mes domestiques veulent essayer mes recettes, comprenez-vous ? »

La culture ? Demandez le ministère de la rigolade

Des recettes, les critiques littéraires n'en ont pas quand ils se retrouvent nez à nez avec des auteurs dont le talent leur a paru des plus minces et le génie, en congé permanent.

Nicci Gerrard, critique à l'« Observer », dîne chez elle avec des amis lorsqu'on sonne à sa porte. Elle ouvre, aussitôt confrontée à deux furies qui la traitent de salope. L'une est Jeanette Winterson, venue punir la ringarde qui a osé confier aux lecteurs de l'« Observer » que son dernier livre était moins bon que les précédents ; l'autre est Peggy Reynolds, dans le rôle de la copine de choc plus révoltée encore que « l'écrivaine » bafouée.

Comment Nicci Gerrard a-t-elle pu mettre en doute la qualité d'un ouvrage écrit par « le seul auteur anglais vivant » ? Jeanette Winterson a pourtant prévenu tout le monte : « Attention, il n'y a que moi qui existe ! » Avec Shakespeare, sans doute ? Parfaitement ! (et Virginia Woolf).

Frances Williams, injuriée elle aussi pour n'avoir rien dit d'élogieux sur le chef-d'œuvre en question, soupire : « Dommage que Jeanette Winterson, notre héroïne lesbienne pendant si longtemps, reproduise à présent les pires excès du génie masculin ! »

le hochet des auteurs

D'après John Bayley, appelé à présider le jury du Booker Prize 1994 (l'équivalent du Prix Goncourt — à la différence que les membres changent chaque

143

année), presque tous les livres sont « ennuyeux, pré-tentieux, et ravagés par la correction politique ».

« Non-sens ! », s'écrie Victoria Glendinning (ancienne présidente du jury). « D'ailleurs, nous ne voulons pas d'un Booker Prize décerné par une bande de vieux croûtons ! », ajoute-t-elle, sans se rendre compte qu'en dénonçant les 69 ans de John Bayley, elle fait du « vieillardisme » (c'est-à-dire de la discrimination à l'encontre des gens âgés).

Richard Gott, responsable de la page littéraire du « Guardian », se montre plus radical : « Nous n'avons pas besoin qu'on choisisse nos lectures à notre place. » Fidèle à ses principes, Richard Gott refuse qu'on parle des ouvrages de fiction dans le « Guardian ». Patatras ! On vient de découvrir qu'il fricotait autrefois avec le K.G.B., et il démissionne de son poste éditorial — les romanciers respirent. Ils n'en continuent pas moins à suggérer que la seule façon d'être finaliste du Booker Prize est de présenter un pedigree impeccable de Maori ou d'Indien.

Ken Follett, un Sulitzer anglais, en profite pour donner de la voix et défendre le crédit littéraire des best-sellers en attaquant les livres sélectionnés pour le Booker Prize : « Lisez-les, vous verrez : ils ne volent pas haut ! »

Ah. Une séance de guignol.

Ken Follett va-t-il se déchaîner contre structures trop bien élaborées ou écrits trop bien écrits ? Non. Il s'en prend brusquement à un autre auteur de best-seller du nom d'Ivana Trump, milliardaire de première génération : « Avec elle, c'est un autre problème, lance-t-il. Quand elle dédicace ses livres, elle est même incapable d'écrire les noms de ses lecteurs. »

On ignore si Jenny, décrite comme une vagabonde vieillissante, sait tenir un stylo ou non. Quoi qu'il en soit, Jenny débarque au dîner très smart donné à l'occasion d'un prix littéraire de troisième ordre. Comme les dames de lettres, au-dessus de toutes contingences, ont plus tendance à s'habiller avec des sacs à pommes de terres qu'à porter des robes de chez Dior, personne ne prête attention à l'accoutrement de Jenny ; et comme il y a toujours des places disponibles à ce genre de dîner que beaucoup fuient, Jenny s'assoit à une table. Le repas est succulent ; Jenny mange, boit, et sa conversation est brillante, si brillante que Jenny en devient suspecte. Tout le monde est là pour colporter le dernier ragot littéraire, pas pour être intéressant — et l'intruse est démasquée.

tristes spectacles

« Ma mère, révèle Victoria Mather dans l'"Evening Standard", a cessé d'aller au théâtre quand les gens ont cessé de s'habiller pour s'y rendre. »
Suivra-t-elle l'exemple de sa maman après avoir été mise au supplice, dans un théâtre londonien,

par le voisinage d'un barbare aux pieds nus dans des sandales ? « Peut-être ai-je seulement imaginé l'odeur qui semblait s'en dégager ? », se demande-t-elle, avec la retenue d'un témoin plus ou moins sûr d'avoir assisté à un crime.

Elle n'en a pas moins repéré, au très chic festival de Glyndebourne, un gentleman au crâne rasé, anneau à l'oreille et en jupe de cuir (un pirate un peu folle, sans doute ?) — de quoi vous dégoûter aussi de l'opéra.

« Je ne paie pas ma place 100 livres (environ 900 francs), fait dire Victoria à un mélomane au bord de l'évanouissement, pour être assis au côté d'un type en sueur, affublé d'un tee-shirt et d'un short ! »

Prendre parti ?

« Silence et endurance, note Myles Harris, qui étaient autrefois des vertus anglaises, sont aujourd'hui considérés comme des signes de faiblesse... Sommes-nous en train de devenir une nation de zombies ? »

poussière de stars

Fruit confit de la chansonnette anglaise, Cliff Richard ne boit pas, ne fume pas, ne joue à touche-pipi avec personne, mange peu et dépense peu. A l'entendre, il confond vie ascétique et bain de formol. Que ne ferait-on pas pour présenter au public l'image d'un ange, même desséché ?

Son rêve est pourtant de jouer le rôle du méchant

Heathcliff dans une « comédie » musicale tirée des
« Hauts de Hurlevent ». Une façon d'exorciser ses
vieux démons ? « J'ai envie de rosser les journalistes,
admet-il. Et puis je suis jaloux du succès des
autres. » C'est vraiment très laid. S'il épousait
quelqu'un d'identique à sa mère, comme il le souhaite, tout rentrerait dans l'ordre — il dit chausser
la même pointure qu'elle, c'est déjà ça.

Sulfureuse, en comparaison d'un Cliff Richard à
la vocation de paquet-cadeau, Marianne Faithfull
redore sa légende d'héroïne des années 60 en
publiant son autobiographie.

Arrêt sur image alors qu'elle est en plein ébat
amoureux avec Mick Jagger. « Au moment crucial »,
raconte-t-elle, Mick Jagger se lève soudain et lui fait
part de son réel désir : lécher Keith Richard, son
guitariste, de la tête aux pieds !

« Autant lécher, commente l'échotier qui relève
la chose, une momie de pharaon imbibée d'alcool,
quitte à en être ivre pour le restant de ses jours. »

Alerte au Moyen-Orient. Le chanteur Sting
compte s'y produire pour la première fois depuis
qu'il s'était interdit de monter sur scène en Israël.
Il tient à récompenser Israéliens et Palestiniens
d'avoir engagé un processus de paix en leur brail-
lant ses mélodies éraillées dans les oreilles.

Les plus farouches en tremblent à l'avance. « Si
c'est le prix à payer pour la paix, dit-on dans les
deux camps, autant continuer à se battre ! »

happy birthday !

Peut-on être plus anglais que Sir John Gielgud ? L'acteur fête ses 90 ans, prétexte pour les uns et les autres de relater maintes anecdotes qui reflètent l'humour british à l'état pur de Gielgud, prototype du « gentleman » comme dans nos rêves, dont le détachement et l'ironie feront toujours nos délices.

En voici quelques-unes :

Assis dans un train, John Gielgud s'adonne à son passe-temps favori : les mots croisés du « Times ».

David Dodimead, son compagnon de voyage, qui sue sang et eau sur les mêmes mots croisés, remarque, non sans envie, avec quelle rapidité Gielgud trouve toutes les solutions, quand son regard est attiré par un mot bizarre que ce dernier vient de placer.

« Excuse-moi, John, lui dit-il, qu'est-ce que sont des "diddybums" ? »

« Aucune idée ! lui répond Gielgud, rayonnant, mais ça loge parfaitement bien ! »

Anthony Hopkins raconte qu'après une chute de cheval en tournant « Un lion en hiver », il rentre à Londres, le bras en écharpe, et rencontre John Gielgud qui s'étonne de le voir ainsi : « Vous avez eu un accident ? »

« J'étais à cheval, armure sur le dos, lui explique Hopkins, le cheval est parti brusquement au galop, et je suis tombé. »

« Ah, l'espèce de coquin !, de s'exclamer Gielgud. J'ai dû moi-même monter sur un cheval en jouant Becket avec Richard Burton. Une terrifiante expérience. Je n'ai jamais réussi à trouver le frein ! »

Metteur en scène des « Troyens » au Royal Opera House de Covent Garden, John Gielgud explique aux choristes qu'ils doivent exprimer à la fois passion, curiosité, terreur et horreur à l'arrivée du cheval de Troie.

A peine ouvrent-ils la bouche, Gielgud, exaspéré, bondit de son siège : « Non ! Non et non ! Vous avez l'air de dire au revoir à de pas très bons amis sur un quai de la gare de Waterloo ! »

Metteur en scène également de « La Nuit des rois » avec Laurence Olivier dans le rôle de Malvolio et Vivien Leigh, dans le rôle de Viola, John Gielgud appelle Olivier en pleine nuit : « Je viens d'avoir une idée ! Je crois que tu devrais jouer Malvolio comme s'il était très très gros ! »

« John ! proteste Olivier. Il est une heure et demie du matin ! »

« Ah bon ! lui réplique Gielgud — comme s'il était très très maigre, alors ! »

Désigné pour interpréter le rôle du roi Lear au National Theater, Michael Horden demande à John Gielgud, qui a souvent joué le rôle, quels conseils il pourrait lui donner.

« Choisissez-vous une petite Cordelia ! », lui dit Gielgud (à la fin de la pièce, en effet, le roi Lear

entre une dernière fois en scène, sa fille morte dans
les bras).

La serveuse du restaurant où déjeune John Gielgud, dans la ville d'York, lui demande, à la fin du
repas, s'il veut bien signer son nom sur la nappe.
« Je suis sûr qu'elle ne sait absolument pas qui je
suis, confie-t-il à Alec Guinness qui déjeune avec
lui. Si je signe mon nom, elle va être très déçue. Je
vais signer John Buchanan ! »
Gielgud signe donc John Buchanan — et la serveuse est ravie !

John Gielgud fait-il partie des espèces en voie de
disparition ?

HEUREUSEMENT
IL Y A LES ANIMAUX

aux armes !

« Confrontés aux problèmes soulevés par le mépris des droits de l'homme dans certaines régions du monde, dit un moraliste de la presse écrite, les Britanniques hausseront les épaules avec indifférence ou consternation. Mais qu'on leur présente ces mêmes problèmes sous l'aspect de potentiels désastres écologiques dont les conséquences pourraient être fatales aux animaux, ils prendront les armes ! Leur désigner, par exemple, les Arabes harcelés par Saddam Hussein au sud de l'Iraq, comme des otaries ou des tortues géantes sur le point d'être exterminées, serait le plus sûr moyen de les mobiliser... Je me demande, conclut le moraliste, s'il existe en Bosnie des écureuils au poil roux menacés d'extinction ? »

Peu soucieux des écureuils pour le moment, le Front National de Libération des Animaux s'apprête à survoler en rase-mottes le champ de course d'Aintree où se déroule chaque année le Grand National, banderole qui promet l'enfer aux turfistes, flottant au vent.

Si un tel numéro de voltige ne suffit pas à décourager jockeys et spectateurs, des parachutistes « providentiels » descendront du ciel et poseront pied au milieu du champ afin d'y semer la pagaille.

Vaines menaces ? Les organisateurs de la course craindraient surtout la pluie torrentielle annoncée par la météo.

D'autres libérateurs s'éparpillent à travers d'autres champs pour tenter de sauver les renards d'une meute d'aristocrates sanguinaires.

Prémices d'une « lutte finale » ? Il faudrait interroger les renards, les premiers concernés par les affrontements qu'ils provoquent entre plébéiens et décadents de la « Ruling Class ». En attendant, ils se terrent dans les fossés qui séparent leurs protecteurs de leurs bourreaux.

Accusée de participer à des chasses à courre, une baronne s'emballe : « Oh, mais je déteste tuer des renards, savez-vous ! La preuve : je dis toujours "Viens, petit renard ! Viens !" — et la pauvre innocente se retrouve face à un énergumène aux cheveux hirsutes qui lui crie : "Viens, petite baronne, viens !" »

Même à Mayfair (quartier chic de Londres), aucune baronne n'est plus à l'abri si elle s'aventure à envelopper ses fesses armoriées dans un manteau de fourrure. « Quel animal a dû mourir pour que vous puissiez porter ce manteau ? » demande à l'une d'elles un épouvantail contestataire. « Ma belle-mère, figurez-vous ! » répond la dame, qui n'a pas besoin de chasser pour s'habiller.

De leur côté, les défenseurs des poissons s'arment de couvercles de lessiveuse et de casseroles pour donner un aperçu de leurs talents de percussionnistes aux tranquilles salopards que sont les pêcheurs.

Venus en renfort, les défenseurs des asticots dissuadent les taquineurs de goujons (au cas où ils ne seraient pas encore sourds) de martyriser les inoffensives petites larves en les accrochant à leurs hameçons, puis de les noyer.

Le combat qui oppose savants de la recherche médicale et extrémistes des militants pour les droits des animaux tourne à la guerre sainte.

Les premiers, inquiets à l'idée que l'opinion publique puisse soutenir les seconds, affichent dans le métro des slogans sous des photographies de rats : « La plupart des gens voient un rat. Nous, nous voyons une guérison du cancer. »

Dans l'impossibilité de coller par-dessus les mises à prix des têtes chercheuses responsables d'une pareille campagne, leurs adversaires les inondent de lettres d'un genre nouveau, sorte de pièges à souris bardés de lames de rasoir susceptibles de couper les doigts de leurs destinataires lorsqu'ils décachettent les enveloppes.

Autre est le combat des amis des crapauds.

Effroyable casse-tête : comment, à l'approche du printemps, éviter à des centaines de milliers de crapauds, pris par la frénésie de copuler coûte que coûte, de finir très à plat sous les roues des voitures, avant la moindre orgie ?

On songe d'abord à signaler aux automobilistes le grand rush sexuel à l'aide de panneaux — triangles blancs bordés de rouge avec, au centre, la forme noire (et non moins pudique) d'un crapaud — peine perdue !

On songe alors à creuser des tunnels sous les routes dans l'espoir que les petits obsédés s'y engouffrent à la poursuite de leur excitante destinée — trop onéreux !

Que faire, sinon se résigner à la solution d'un sauvetage artisanal en saisissant un à un les impatients batraciens afin de les transporter du bord d'une route à l'autre. Ainsi est créée « l'Association des Aideurs de crapauds à traverser les routes ». Engagez-vous !

mauvais coucheurs

Un homme, éperdument amoureux d'un requin, fait empailler l'objet de sa passion. Il pratique ensuite un trou dans son toit où il cale la tête du squale, tandis que le reste du corps reste dressé contre le ciel, donnant l'impression que le gros poisson, mû lui-même par une passion extrême, est en train de plonger dans la maisonnette de son amoureux.

Croyez-vous que ses voisins en soient émus aux larmes ? Pas du tout. Les brutes trouvent inesthétique le spectacle permanent de ce grand amour et traînent le couple — du moins, l'homme — devant les tribunaux.

Vous aimez les perruches ? Fred Kennedy également. Il en a 45 dans une volière au fond de son jardin, et c'est le bonheur. Mais comme l'homme au requin, Fred Kennedy a des voisins aigris qui décrètent que son bonheur est leur enfer, et se montrent tout aussi plaideurs.

Le bavardage incessant des perruches atteint-il ou non une densité de 23 décibels, capables de couvrir le son de la télévision de Mister et de Mrs Fussey, les voisins de Fred Kennedy ? Match nul entre experts et contre-experts en acoustique.

Appelé à la rescousse, Mister Sasi Mahapatra, un psychiatre, est formel : le caquetage des volatiles est responsable de la névrose de Mrs Fussey ! Et Fred Kennedy est mis en demeure de clouer le bec à ses 45 perruches.

Dans l'incapacité de fermer les gueules des chiens qui l'accueillent par leurs aboiements lorsqu'il distribue le courrier, un facteur décide de punir les propriétaires des cabots.

Plus zélé qu'il ne le paraît, il s'accable de travail en leur expédiant des photos pornos qu'il sera chargé plus tard de leur remettre en main propre.

y a-t-il de quoi en rire ?

« J'en suis folle ! avoue Lyn Diable. J'ai rencontré mon premier quand j'avais trois ans ! »

Parle-t-elle des hommes ? Il suffit de regarder sa robe, sa voiture et sa maison — les trois, blanches tachetées de noir — pour comprendre que non.

Si on a l'esprit un peu lent, on finira par noter que les chiens de pierre (blancs tachetés de noir eux aussi) perchés sur le toit de la maison, sont les répliques de ceux qui jappent çà et là autour de leur maîtresse.

Lyn Diable n'est pas simplement folle, elle l'est seulement des Dalmatiens.

Lucide, sinon sur son état mental, du moins sur la bienveillance des gens, elle admet que tout le monde la prend pour une « allumée ». « Mais vous seriez à ma place, ajoute-t-elle, vous me trouveriez tout à fait normale. »

La direction de British Airways cherche-t-elle à étendre sa clientèle en offrant des vols gratuits aux oiseaux fatigués ?

Un coucou, sauvé in extremis d'entre les pattes d'un chat, a du mal à se remettre de son épreuve, et l'hiver anglais approche.

British Airways intervient et à son tour sauve l'oiseau en lui permettant de s'envoler pour Nairobi sur l'un de ses vols réguliers. Le coucou est ravi, bien sûr. A peine débarqué au Kenya, il fête son arrivée en se goinfrant de chenilles empoisonnées par des insecticides, et il en meurt !

S'il arrive aux Français d'être malades comme des chiens, les Anglais, eux, le sont comme des perroquets.

Mais les perroquets peuvent-ils être malades comme des Anglais ? Ralph McTell, un chanteur de folksongs, s'inquiète un jour des bruits catarrheux produits par Albie, son perroquet. L'oiseau, à entendre ses éructations de perroquet cacochyme, semble aux portes de la mort.

« Quand soudain, raconte Ralph McTell, j'ai compris qu'Albie n'avait rien, il imitait seulement la toux qui me secoue le matin ! J'ai aussitôt arrêté de fumer. »

Staline, paraît-il, avait aussi un perroquet qui l'imitait en reproduisant sa façon de cracher quand il était hors de lui. Mais Staline, qui n'avait pas le sens de l'humour british, l'assomma avec sa pipe !

Selon les Monty Python, seuls les perroquets morts ont de bonnes manières.

Responsable de sublimes émissions sur les animaux, David Attenborough (le frère du réalisateur Richard Attenborough) est accueilli par la dame terriblement chic qui l'a invité à sa réception.

« Que nous préparez-vous de beau ? » lui demande-t-elle par politesse.

« Une émission sur les ptérodactyles », lui répond-il.

« Splendide ! » s'écrie la dame, dents en avant et

l'œil rivé sur un autre invité. Ils sont tellement ! tellement mignons ! »

Même si on détient la preuve formelle que les photographies de Nessie, le monstre du Loch Ness, sont truquées, ne vous aventurez pas à le dire aux habitants de la région, ils vous riront au nez.

« Ce sont les photographies qui sont truquées, pas Nessie ! »

Auteur de nombreux livres sur les animaux, James Herriot, un vétérinaire, se désespère : « Je n'ai plus rien à raconter », se dit-il.

L'instant suivant, il aperçoit des moutons qui broutent les fleurs et les légumes de son jardin. Quelques moutons égarés, sans doute ? Non, un troupeau entier.

Quand James Herriot s'approche pour les chasser, les moutons, moins bêtes qu'on ne le pense, lui donnent matière à réflexion en se retournant contre lui, puis en le piétinant.

Isaac Newton n'avait pas de mouton, mais un chien qui s'appelait Diamant. Une nuit, le chien renverse une bougie allumée, et met ainsi le feu aux manuscrits de son maître.

« Oh Diamant ! Diamant ! se lamente Newton. Tu n'as pas idée de ce que tu viens de faire ! »

LA RELIGION ?
QUELLE RELIGION ?

de quoi je me mêle ?

George Carey, archevêque de Canterbury, a-t-il toute sa tête ? « Inutile de la ramener ! déclare-t-il à un public ébaubi. Nous ne représentons plus qu'une petite nation ordinaire. »

Sacrilège ! La presse le renvoie illico presto à son eau bénite : « Qu'il s'interroge sur ses églises vides ! » « C'est lui qui est ordinaire ! » s'indignent les uns. « A l'asile ! » s'écrient les autres.

Des Conservateurs, encore plus durs que purs, partagent leurs désillusions : « Qu'attendre d'un homme responsable de l'ordination des femmes ? » John Gummer, secrétaire d'Etat à l'Environnement, leur répond : « L'Eglise anglicane est devenue une secte ! » ; et de rage, monsieur le ministre se convertit au catholicisme.

Le comble : les adversaires des vicaires en jupons succombent à l'hystérie (du grec « hustera » : « utérus »). Parmi les plus acharnés, un pasteur, qui a dû sécher les cours de théologie, s'exclame, à bout d'arguments : « Et puis quoi, Dieu est bien un homme, non ? »

« Justement ! rétorquent les participants féministes d'un synode dans la bonne ville d'York. Y en a marre ! » En représailles, la décision de modifier les prières considérées trop sexistes est prise sur-le-champ. Lorsqu'ils réciteront le credo, ils ne diront plus que « Dieu s'est fait homme », mais que « Dieu s'est fait vraiment humain ». « Attention, les met en garde le sage et vénérable George Austin, archidiacre d'York, il ne faudrait tout de même pas que Christ devienne Christa ! »

Aucune date n'a été fixée pour l'ouverture de la chasse aux sorcières. Pourtant, de trop joyeuses postulantes pourraient bientôt être accusées de satanisme pour avoir dansé « comme des folles » avant leur ordination.

L'archevêque de Canterbury serait-il, en fin de compte, un dangereux gauchiste ?

John Major, le brave homme, veut débarrasser ses concitoyens d'êtres aussi « inesthétiques » que les mendiants. Et George Carey, au lieu de le bénir, pointe un doigt vengeur dans sa direction : « S'il y en a tant, c'est de votre faute ! »

Quand il apprendra que le directeur d'un hôpital a dû cacher, dans une annexe, un troupeau de vieillards jugés peu ragoûtants pour éviter au Prince de Galles, qui se promenait par là, de tourner de l'œil, George Carey va sûrement interpréter de travers la délicatesse d'une telle attention et voir de plus en plus rouge.

Après tout, le rouge est sa couleur. Elle a beau jurer avec le violet, il s'en drape, notamment en Chine où il loue le gouvernement de Pékin pour sa

« tolérance religieuse », avant de condamner les missionnaires, « ces fauteurs de trouble », qui ont le culot de faire passer des « Bibles de contrebande » au pays de Mao. Il est vrai que les autorités chinoises sont contraintes ensuite d'ordonner des fouilles dans les maisons soupçonnées de détenir le subversif ouvrage. Nul doute que l'archevêque espère, en homme charitable, leur épargner à l'avenir d'aussi pénibles opérations.

Mais George Carey est un incompris. Ne lit-il pas dans la presse, à son retour de Chine, qu'on cherche vainement en lui un guide spirituel ?

Même le très catholique Basil Hume, archevêque de Westminster, interrogé sur les positions de son homologue anglican, prend aussitôt ses distances : « Je ne veux pas de cet homme à mon enterrement ! »

crises de foi(e)

Le Révérend Anthony Freeman est outré. L'évêque de Chichester dont il dépend vient de lui demander de rendre son tablier ecclésiastique.

Quelle faute grave le Révérend a-t-il commise ? Il a seulement cessé de croire en Dieu et ose le clamer. « Je ne comprends pas, répète-t-il, abasourdi d'être aussi injustement traité. Faut-il que l'évêque soit étroit d'esprit ! »

Il n'est pas le seul à le penser. Suite à sa révocation, 65 membres du Clergé signent une lettre ouverte à l'intention de l'éminence « si à cheval sur les principes », l'accusant d'intolérance et de trahir les valeurs de l'Eglise anglicane toujours prête à apprécier tous les points de vue.

Dieu finira-t-Il par reconnaître les Siens ? Ce n'est plus le problème du Révérend Anthony Freeman. Un dessin humoristique le représente en chaire, face aux fidèles : « Je ne crois plus en Dieu, leur annonce-t-il. Mais puisque nous voici rassemblés, j'aimerais vous parler des avantages offerts par les fenêtres à double vitrage ! »

David Jenkins, ancien évêque de Durham, ne va pas jusqu'à remettre l'existence de Dieu en question. Tourner certains dogmes en dérision lui suffit. Parlez-lui de la Vierge Marie, il vous dira que « sa Virginité relève du conte de fées ». La Résurrection ? Il vous expliquera que ce n'est ni plus ni moins « un tour de passe-passe avec des os ! »

Non content d'entendre ses ouailles, plutôt désorientées, grincer des dents, il leur donne en plus de solides crises d'urticaire en vantant haut et fort les bienfaits du marxisme.

A peine en place, son remplaçant, l'évêque Turnbull, s'empresse de dénoncer les ravages de l'homosexualité dans le Clergé. Mal lui en prend ! Les journaux rapportent aussitôt que l'évêque, il y a plus de vingt ans, a été surpris par la police dans des toilettes publiques en train de faire joujou avec un garçon de ferme.

166

La religion ? Quelle religion ?

Dans la foulée, Jim Thompson, évêque de Bath, « s'expose » à sa façon en déclarant, à brûle-pour-point, que « les prêtres homosexuels sont dix fois plus communicatifs et équilibrés que les prêtres bêtement célibataires ! ».

« La découverte que les hétérosexuels peuvent être encore admis dans les Ordres, plaisante A.N. Wilson dans l'"Evening Standard", est une agréable surprise. » Il cite alors le cas, qu'il qualifie d'« étrange », du Révérend Kit Chalcraft qui s'apprête à se marier pour la troisième fois, bien que ses deux premières femmes soient toujours vivantes.

Quant à David Sheppard, évêque de Liverpool, autre marxiste convaincu, il a le sang beaucoup moins chaud, et ne doit sa célébrité qu'à l'incohérence de ses sermons qu'il truffe de métaphores ayant trait au cricket dont il est « toqué ».

Laissons le dernier mot à Philip Goodrich, évêque de Worcester, qui, tout en nuances, résume les soucis qu'il sent peser sur les épaules de ses frères et sœurs : « Draguer ! Baiser ! Oublier ! »

loin du troupeau

Sera-t-on étonné s'il se passe des choses « pas très catholiques » dans le haut lieu anglican qu'est la cathédrale Saint-Paul ? Les bedeaux, quand ils ne s'enfuient pas avec l'argent des quêtes, s'y succèdent à une cadence anormale. A les entendre, les ecclésiastiques seraient des tortionnaires, et la cathédrale « un repaire de l'iniquité ! »

Résultat : le clergé de Sa Majesté désespère de trouver une formule choc susceptible de donner plus d'impact à son message évangélique et de rameuter ses brebis égarées. De saintes et grosses têtes planchent à cet effet sur le projet d'une campagne publicitaire. Devront-elles, en premier lieu, contrer une publicité déjà existante destinée à promouvoir une voiture si tentante qu'entrevue par des moines à travers les grilles d'un couvent, elle les amène un à un à se défroquer.

Pourquoi le Clergé anglican ne reprend-il pas à son compte le mot d'Oscar Wilde : « La seule façon d'éliminer une tentation, c'est d'y céder ! »

Le Révérend Ian Gooding, lui, ne craint pas de transformer ses sermons en « happenings ». Evoquant « l'Amour dévorant de Dieu », ni une ni deux, il dévore le bouquet de jonquilles qu'il tient dans une main. Médusés, ses paroissiens le voient devenir d'une couleur cadavérique et se précipiter dehors pour y vomir.

Autre révérend autre méthode, le Père Neil Horan captive l'attention de son auditoire grâce à une fracassante révélation : Jésus sera de retour dans cinq ans et demi exactement !

Hélas, son évêque avertit aussitôt tout le monde que le très cher père est en plein traitement psychiatrique.

La religion ? Quelle religion ?

L'Eglise et ses fidèles en folie ?
Enoch Powell, homme très croyant et figure politique appréciée pour sa probité et son sérieux,
annonce que le Christ n'est pas mort crucifié, mais
lapidé ! Notez, il est probable que son évêque, si
Enoch Powell était prêtre, ne manquerait de noter
au passage qu'il a plus de 80 ans.
Mais que signifie réellement l'évêque d'Edimbourg, primat d'Ecosse, quand il déclare que
« l'Eglise peut être préjudiciable sur tous les plans »
et que « la religion se résume à ce que les gens font
de leur folie » ?

Damien Hirst, peintre et sculpteur d'avant-garde,
inspiré peut-être par l'égarement spirituel ambiant,
baptise sa dernière œuvre : « Loin du troupeau » —
une brebis immergée dans du formol à l'intérieur
d'un aquarium.
Un contemplatif-né l'achète immédiatement, et
débourse sans sourciller 25 000 livres (environ
225 000 francs — on a la foi ou on ne l'a pas). Une
heure après, une âme en peine l'asperge d'encre
(sûrement une brebis galeuse).

allez, oust, en enfer !

Attention, l'Eglise anglicane a aussi ses dober-
mans et ces sales bêtes aboient très fort.
Après avoir condamné le yoga parce qu'il n'est

pas chrétien, le Révérend Irwin-Clark, un beau dimanche, désigne du doigt un vieux couple « illégitime » des plus pépères comme s'il venait de découvrir deux mouches yogies en train de se lutiner dans son potage, le bannit de son église, et ordonne à ses ouailles de rompre tout contact avec les deux sybarites porteurs du virus fatal de la débauche !

Kevin McGarahan, autre révérend suant plus le vinaigre que l'eau bénite, ne se réjouit pas qu'on dérobe Bibles et livres de catéchisme dans son église, et fait campagne pour qu'on tranche les mains des voleurs. « L'Arabie Saoudite s'en trouve fort aise », argumente-t-il.

La miséricorde ? Regardez où ça nous mène ! Le souci majeur du révérend est de remettre au goût du jour les colères divines de l'Ancien Testament. Son regret majeur ? Ne pas avoir assisté à la destruction de Sodome et Gomorrhe.

Partisan « d'une attitude implacable envers les pécheurs », il n'a pas encore troqué son goupillon contre un fouet, mais ça ne saurait tarder.

Nostalgie ! Nostalgie ! En écho aux prélats disposés à jouer les Grands Inquisiteurs, Simon Heffer, dans le « Daily Mail », regrette le temps où « enfants illégitimes et divorcés n'étaient pas admis par les gens bien élevés », et cite George V comme on cite un maître à penser. Apprenant le départ précipité d'un pair d'Angleterre pour l'étranger en raison d'un scandale homosexuel, George V s'étonne :

La religion ? Quelle religion ?

« Je croyais que les types comme ça se tiraient une balle dans la peau ! »

« Autrefois, enchaîne un confrère de Simon Heffer, plume et croupion frétillants d'excitation, quelqu'un qui enfreignait les règles était blackboulé de son Club ! (on commence à bander), mis au banc de la Société ! (ça devient bon), exposé au ridicule ! (oh oui, encore encore), et pouvait même (ça y est, on jouit) perdre son travail ! »

A chacun son enfer, mes seigneurs. A la carte ou vous prenez le menu ?

ET DIEU DANS TOUT ÇA?
QU'IL SAUVE LA REINE!

« *Annus horribilis* »

Ne jouez pas au Monopoly avec la reine d'Angleterre, ou bien laissez-vous ruiner par Sa Majesté (ce
ne devrait pas être trop difficile), sinon elle va
secouer le jeu et crier : « Je suis la reine ! Alors c'est
moi qui gagne ! » Si on prend pour argent comptant
les facéties de « Spitting Image », Elisabeth II serait
mauvaise joueuse ! Notez, elle a des circonstances
atténuantes. « L'Entreprise » (nom donné à la
famille royale par ses propres membres) bat de
l'aile. « Ma'ame » est à cran.

« Annus horribilis » — « Année horrible » pour les
non-latinistes, au cas où ils auraient l'esprit mal
tourné —, s'exclame la souveraine d'une voix déchi-
rante (elle avait la grippe) à la fin de l'année 1993.
En traduction libre : « Etre mère : c'est l'enfer ! Et
belle-mère : un supplice de tous les instants ! » Il
faut dire : « Ma'ame » ouvre le « Sun », et apprend
que Charles rêve d'être un tampon hygiénique ;
« Ma'ame » ouvre le « Daily Mirror », et apprend que
Diana se prend pour « la plus grande prostituée du
monde », tandis que Fergie, la duchesse d'York, se

fait sucer l'orteil par un milliardaire texan. De quoi en avaler sa couronne.

Le temps de se recomposer un visage de souveraine en plâtre, voici « Ma'ame » sur son beau cheval pour Trooping the Colour (le jour de son happy birthday), et pan ! Un détraqué lui tire dessus avec un pistolet d'alarme. Epuisée, elle se couche comme n'importe quelle femme toute simple. Que trouve-t-elle, assis sur le bord de son lit, à son réveil ? Un chômeur ! (très poli d'ailleurs — il n'aurait plus manqué qu'il la violât).

Buckingham Palace serait-il gardé par des soldats de plomb ?

Le lundi : ah tiens, un parachutiste atterrit sur les toits.

Le mardi : achtung achtung, un groupe de lesbiennes allemandes tente de camper dans le parc.

Le mercredi : au voleur ! on s'aperçoit qu'un tableau de maître accroché au mur d'une chambre d'invité a disparu (en vérité, on s'en apercevra seulement lorsque le tableau passera en salle des ventes).

Arrive le week-end. La souveraine allume son poste de télévision. Sur quoi tombe-t-elle ? Des émissions intitulées « Elisabeth la Dernière » ou « Le tripot des Windsor » — « de véritables boules puantes », selon d'irréductibles monarchistes.

Et tout à coup : « Au feu ! », le château de Windsor est en train de brûler ! Pendant ce temps, les valets d'écurie, « en pleine jacquerie », osent demander de l'augmentation (on craint que la contestation ne gagne les servantes et les valets de pied).

176

Et Dieu dans tout ça ? Qu'il sauve la reine !

Un catalogue d'une redoute des malheurs ! Sa Majesté doit en plus se résoudre à payer des impôts, puis renoncer à « Britannia », son yacht et joujou favori. Le comble : le Parlement se permet de lui réclamer des comptes — où passent les 20 millions de livres (environ 180 millions de francs) qu'on lui verse chaque année ? Sa note de téléphone, de loin la plus salée (sera-t-on étonné ?), s'élève à 766 000 livres (presque 7 millions de francs) — « Diana ! », fait crier un caricaturiste à la souveraine en train d'éplucher l'interminable note.

En visite officielle en Russie, que lui arrive-t-il ? Sa Majesté se laisse aller et déclare que Saint-Pétersbourg est une ville bien plus belle que Manchester ! Furax, des British se demandent aussitôt si leur reine ne patauge pas dans le pudding.

La Reine Victoria n'en aurait pas fait un usage abusif, Elisabeth II pourrait au moins se défouler de temps en temps en glapissant le célèbre : « We are not amused ! » (« Ça ne nous amuse pas ! »)

Seules petites consolations : il y aurait du pétrole autour du château de Windsor ; et Sa Majesté peut être sûre que sa tête ne roulera pas — rassurez-vous, personne ne songe à la décapiter —, on lui a seulement promis que si les Postes étaient privatisées, les timbres continueraient à porter son royal profil. Ouf !

de qui descendez-vous ?

Des chroniqueurs, en teignes sournoises, rappellent avec insistance que George V (le papy d'Elisabeth) a, d'un coup de sceptre magique, transformé « Saxe-Cobourg » en « Windsor », et « Battenberg », en « Mountbatten ». L'apple-pie sentirait-il l'apfelstrudel ?

Philippe d'Edimbourg, lui, est capable de vous prouver que vous descendez vraiment du singe.

« Vos ancêtres étaient bien des pirates, n'est-ce pas ? » demande-t-il à ses hôtes très snobs des Iles Caïmans. Le journal local, le lendemain, s'interroge : « Pourquoi le prince ne demande-t-il pas aux Australiens s'ils sont tous les arrière-petits-fils de forçats et de putains ? » (Il a dû oublier.)

Philippe n'est plus sortable dès qu'il s'aventure à descendre de son arbre généalogique. Gare à vous si vous êtes un journaleux qui ne descend de rien, juste là pour que Son Altesse Royale vous lance cacahuètes ou quolibets — à moins que vous ne vous déguisiez en jolie journaliste canadienne, auquel cas il vous demandera si vous portez une culotte en vison.

En Chine ? Il met en garde des étudiants british : « Si vous restez trop longtemps, vous allez finir par avoir ces affreux yeux bridés ! » (et les Chinois en avalent leur riz de travers).

En Hongrie ? Il observe, l'œil critique, le physique de son accompagnateur : « Vous ne devez pas vivre ici depuis longtemps, lui dit-il. Vous avez une de ces bedaines ! »

En France ? Il se penche vers François Mitterrand, et lui dit : « N'est-il pas dommage que cousin Louis ait été envoyé à l'échafaud ? » — « Pas surprenant, note le journaliste qui relève la chose, que nos exportations en France, à la suite de cette visite, aient baissé de 300 millions de livres. »

Cet adepte des pieds dans le plat se montre-t-il plus diplomate « at home » ?

Pas de mesquinerie, on ne lui reprochera pas de conseiller à des industriels en lutte contre la récession de « se manier le train » (en traduction littérale : « d'enlever le doigt qu'ils ont dans le cul »), ou, par exemple, de confier à des Ecossaises que les Anglaises sont incapables de faire cuire un œuf sur le plat.

Notre homme n'est pas ramolli. S'il affirme que l'extrême pauvreté n'existe plus en Angleterre, malgré les statistiques qui démontrent que le nombre des sans-abri bat tous les records, c'est qu'il a ses raisons. D'ailleurs, Alan Duncan, un député conservateur (qui doit descendre d'une longue lignée de gallinacés) approuve ses dires : « Le prince a raison ! On ne voit plus aucun enfant marcher pieds nus dans la rue ! » Ah ! Vous voyez ?

Il y a des circonstances, cependant, où le prince garde un silence spartiate. Alors qu'il inaugure des toilettes publiques dans l'Ile de Wight, effroi : une femme est assise à l'intérieur — et Philippe force le respect de tout le monde en restant sans voix.

Comme l'art de la gaffe n'attend pas le nombre

des années, le petit William (fils aîné de Charles et de Diana, et digne descendant de son grand-père) regarde avec un air atterré le chanteur Bob Geldof qu'on présente à ses parents : « Pourquoi ce monsieur est-il si sale ? »

La succession est assurée (à moins que les Windsor ne finissent par descendre de leur trône).

être roi ou ne pas être

Le comédien Kenneth Branagh, avant d'interpréter Hamlet, se prend d'un soudain intérêt pour l'héritier de la couronne. L'aura d'Hamlet planet-elle au-dessus du Prince de Galles ? (Après tout, Charles a du sang danois par son père.)

« Qui êtes-vous ? », lance un gamin au prince au cours d'un bain de foule. « That's the question ! » « J'aimerais pouvoir m'en souvenir », répond Charles d'une voix placide.

Un autre jour, la mine « destroy » lors d'un reportage sur ses fonctions de prince, Charles s'immobilise au bout d'un couloir et s'écrie : « Où donc est-ce que je vais ? »

Reste à savoir si le fantôme d'Hamlet lui souffle ses répliques ou ses interrogations.

A la différence, toutefois, de Charles, Hamlet ne jouait pas au polo et ne fut jamais assailli, comme lui, par aucune groupie en rut. Se posant en témoin, un Mister Wilson raconte que l'une de ces groupies réussit à « émouvoir » le Prince de Galles, alors tout jeune homme. « Comment dois-je vous appeler ? Sir ou Charles ? », demande la fille en question, au moment où Charles (toujours d'après Mister Wilson) « s'apprête à la monter ». « Appelez-moi Arthur ! » répond le prince, sans doute déjà pris par la fièvre d'Hamlet.

Charles aurait-il l'esprit dérangé au point de parler parfois à tort et à travers quand il ne s'adresse pas à ses plantes ?

Salman Rushdie ? « Un écrivain illisible qui coûte trop d'argent à l'Etat pour sa protection. »

Les architectes (sa cible favorite) ? Ils lui permettent de faire l'éloge de la Luftwaffe : « Reconnaissons qu'après avoir détruit nos monuments, elle n'a rien laissé de plus choquant que des ruines », déclare-t-il, ravi.

Espérons que Charles n'a pas dans ses gènes la légèreté éléphantesque de son ancêtre George Ier, Electeur de Hanovre, qui, à peine monté sur le trône d'Angleterre, prononce ses premiers mots d'anglais pour dire (avec l'accent germanique) : « Je hais tous les Boètes et les Beintres ! »

En tout cas, Shakespeare n'est pour rien dans les dialogues (enregistrés par « on ne sait pas vraiment qui ») entre Charles et le fruit aussi mûr que défendu appelé Camilla qui font d'eux des héros de romans-photos. En résumé, un journal satirique, « Private Eye », offre à ses lecteurs une photo de Charles à genoux, au cours d'un exercice de secourisme, en train de pratiquer le bouche-à-bouche sur un mannequin étendu à même le sol. On lit en dessous : « Camilla ! Nous ne pouvons continuer à nous rencontrer de cette façon ! » Tout le monde est d'accord.

En fait de rencontre, Charles, venu inaugurer trois chrysanthèmes dans un recoin de Londres, tombe sur une mère de famille un peu garce qui lui dit qu'elle a rencontré Diana et qu'elle la trouve très belle. Froncement de sourcils de Charles : « Et vous avez réussi à survivre ?... » « N'entend-on pas dans cette réflexion cinglante, s'interroge-t-on le lendemain dans la presse, assiettes et vases de prix valser, portes claquées à en démolir les gonds, toitures se soulever de terreur ? »

Comment Charles, tombé au fond de la culotte de Camilla, va-t-il se débrouiller pour en sortir et parvenir à grimper les marches qui conduisent au trône ? Le voici qui se met à nu devant la nation (pour ne pas dire sur le gril) par biographe interposé. Nage-t-il en pleine tragédie grecque comme lui-même en est persuadé ? Ses trémolos, lorsqu'il se présente en enfant martyr élevé par des Thenardier royaux, avant de clamer en substance : « C'est mon papa qui m'a obligé à épouser Diana », relèvent plutôt de la farce.

En Afrique du Sud, un sosie du prince apparaît dans une publicité pour machines à laver — « Mère, déclare-t-il, dit toujours que le linge sale ne doit jamais traîner », et on le voit laisser tomber, le geste désinvolte, des dessous féminins sur le dos d'un corgi !

Charles rame. Selon Andrew Neil, ancien rédacteur en chef du « Sunday Times », il « fait une campagne à l'américaine comme s'il devait être élu roi ! »

Attention : le prince a un programme. Lui ?

« Défenseur de la Foi » ainsi que le furent tous les monarques anglais depuis quatre cent cinquante ans ? Vous n'y pensez pas ! (Il paraît que sa maman fait du joli !) Non, Charles sera « Défenseur de tous les croyants » — des protestants, il le précise, jusqu'aux zoroastriens ! (adorateurs du feu qui exposent leurs morts en haut de tours dites « du silence » afin que les vautours s'en fassent un festin).

« C'est pour mieux divorcer, mon enfant », chuchotent des mères-grands outrées. Le bon peuple, lui, se dit à peu près la même chose que le Roi Charles II alors qu'il assiste à un débat sur le divorce à la Chambre des Lords : « C'est mieux qu'une pièce de théâtre ! »

les malheurs de Squidgy

Tout compte fait, Diana, la première Princesse de Galles superstar, n'a qu'une seule et vraie passion quand elle ne s'empiffre pas, ou ne dégringole pas dans l'escalier la tête la première pour impressionner sa belle-famille : le téléphone ! L'ennui est qu'elle ne peut composer un numéro sans que le pays entier l'apprenne.

Qu'elle contacte un premier James, un certain Gilbey, sous le nom très romantique de Squidgy (« Petit calamar » ou « Petit caoutchouc » !), et son

téléphone semble soudain branché sur un amplifi-
cateur. Roucoule-t-elle ? Horreur ! Elle se répand
en imprécations contre l'Entreprise : « Merde,
alors ! Après tout ce que j'ai fait pour cette putain
de famille ! »

En réalité, les James ne valent rien à Squidgy. Le
second, le dénommé Hewitt, n'attend pas que la
presse branche ses écouteurs, et s'empresse
d'exploiter lui-même un sujet en or : les aventures
du crapaud-officier et de la « princesse amoureuse ».
En vente dans tous les kiosques de gares.

Echaudée, Diana se spécialise dans le coup de
téléphone anonyme, et poursuit Oliver Hoare, un
expert en art islamique, de ses assiduités silencieu-
ses. « Private Eye » en profite pour présenter en cou-
verture une photographie de la Reine au téléphone,
l'air très constipé : « Allô ?... Allons, Diana, je sais
que c'est vous ! »

« Diana est-elle dingue ? » s'interrogent certains.
« On veut me faire passer pour folle ! », répond
Diana, en pleurnichant dans le giron d'un journa-
liste du « Daily Mail ».

Les rouages de l'Entreprise et de l'Establishment
grincent. Se transforment-ils en broyeurs de princesse ? Vivant, Horace Walpole en aurait à nouveau
« l'encre qui se glace au bout de la plume ! »

« Qui vit par la publicité mourra par la publicité ! » tonne un évêque qui doit détester les petits
calamars. Un dessinateur dianophobe représente la
princesse, « ex-joyeuse femme de Windsor », sous
l'aspect d'un chien afghan : « Race qui exige attention et soins constants, ainsi que beaucoup d'exer-

184

cices, pour se maintenir en bonne forme physique et mentale. »

Diana s'adonne, avec une frénésie qui force l'admiration, à tous les systèmes thérapeutiques dont les noms se terminent par « ie ». Quels bénéfices en retire-t-elle ? Désemparée devant un parcmètre, elle a toujours du mal à imaginer qu'il faut glisser dans la fente une pièce de monnaie, l'une de ces choses rondes en métal argenté qui porte le profil de sa belle-mère sur un côté.

« C'est bien connu, lâche-t-elle un jour, je suis bête à manger du foin. » Gare !... Licenciée en douce par l'Entreprise, Diana jette ses défroques de star aux orties médiatiques, et resurgit çà et là en madone qui gravit tous les Golgothas. Persuadée qu'elle était une nonne dans une vie antérieure, elle ne quitte le chevet d'un sidéens que pour courir au chevet d'un cancéreux — « oui, c'est vrai ! ironise l'"Evening Standard", Diana ne fait que sauter de lit en lit ! »

Sainte Diana ne sait plus où donner du cœur. Un vieux couple tombe en panne sur l'autoroute ? Elle enfile une tenue de mécanicien. Un clochard tombe à l'eau dans Regent's Park ? La voici femme-grenouille. Vous êtes atteint de la lèpre ? Laissez-lui le temps de se changer, et vous verrez apparaître Florence Nightingale. « Pourquoi ne s'engage-t-elle pas chez les pompiers ? » suggère un vilain mécréant.

D'autres, beaucoup plus ambitieux pour elle, lui conseillent de créer un parti républicain dont elle serait la tête.

Virement de la sainte : « Je vais revenir, aurait-elle prévenu ses amis, avec une vengeance ! Vous n'avez encore rien vu ! »

Vont-ils être obligés de la crucifier ?

tranches d'York

Ferguson Sarah (Fergie pour la presse), plus Jambon que Duchesse d'York, en est réduite à s'offrir aux médias américains en Cendrillon de semaine commerciale qui préfère à tout la modestie de sa cuisine. Quelle fée imbécile a bien pu l'en sortir ?

Sous une photographie où l'on voit l'une de ses filles tirer une gaillarde langue aux badauds, un petit vicieux glisse la dernière déclaration de la duchesse : « Avec mes enfants, je suis très stricte sur un point : les bonnes manières ! »

Fergie a au moins le mérite d'alimenter les rêves érotiques de l'écrivain Martin Amis. « Peut-être serez-vous touchés d'apprendre, confie-t-il à un public tout ouïe, que la Duchesse d'York est au lit une amante aussi empressée qu'inventive ! » A l'en croire, la principale fonction de la famille royale devrait être d'alimenter les fantasmes sexuels de la nation. Il cite en exemple son propre père, Sir Kingsley Amis, écrivain également, qui se plaît à imaginer que la reine en personne vient exécuter la danse des sept voiles dans sa chambre à coucher.

« Hélas, soupire Martin Amis, comblé en rêve par

la voluptueuse Fergie, quand je suis éveillé, elle me laisse de glace. »

Le prince Andrew a-t-il lui-même cessé de fondre en présence de sa toujours légitime épouse ?

« Je suis prince avant tout », l'aurait-il avertie.

Andrew, surnommé « Duc de Pork » par ceux auxquels il donne des boutons, se sent si prince qu'on pourrait le soupçonner de s'incliner devant son propre reflet chaque fois qu'il se trouve face à un miroir.

« Quand les gens mettent le pied sur mon bateau, déclare-t-il à la télévision, avec l'air de s'adresser à des demeurés, ils sont très nerveux et c'est compréhensible, car ils savent que le Duc d'York est le commandant de bord ! »

Lynda Lee-Porter en est moins certaine. « Loin d'être dans leurs petits souliers, ou pétrifiés par la vénération, écrit-elle dans le "Daily Mail" à la suite de cette déclaration, je crois qu'ils se demandent surtout si le prince est un commandant de bord compétent ou non... Aujourd'hui, le respect se gagne, conclut-elle. Le Duc d'York s'en rend-il compte ? »

« miroir, qui est la plus belle ? »

Ah ! Les traumatismes de l'enfance ! Depuis que la Princesse Margaret, alors toute petite, a reçu, au cours d'un voyage officiel en Afrique du Sud, un moins gros diamant que celui de sa sœur Elisabeth, elle disjoncte à l'idée de se rendre à l'étranger. Il est vrai qu'on l'y accueille comme l'ombre chinoise de la reine ou la vingt-cinquième roue de son carrosse.

Est-ce si drôle que ça d'être à vie « la sœur de qui vous savez » ? Margaret en a tellement pris l'habitude qu'elle se chargera de vous le rappeler, sur un ton à vous faire rapetisser de trois centimètres, si vous avez tendance à l'oublier.

Panique à l'ambassade de Grande-Bretagne à Washington : « Elle vient ! Elle arrive ! » Le problème ? Aucun homme ne tient à être l'escorte de Margaret. Snobs ou bellâtres professionnels ne se sentent plus honorés de porter le sac en croco de Son Altesse tout une soirée pendant qu'elle dit deux mots à une bouteille de gin.

« Que sont devenues les bonnes manières ? se lamente à ce sujet Digby Anderson dans le "Daily Mail". L'animal est en train de revenir au galop ! »

Qu'est-ce qui risque encore plus de revenir au galop ? Le scandale préhistorique que fit en 1967 la liaison de Margaret (encore mariée à Snowdon) avec Robin Douglas-Home, pianiste de jazz et neveu de l'ex-Premier ministre conservateur, Sir Alexander Douglas-Home.

On s'apprêterait à publier les lettres d'amour de la princesse à son cher et tendre qui, soit dit en passant, tenta de la faire chanter, sombra dans l'alcool et se suicida (scénaristes, à vos plumes !).

Déjà refleurissent les comptes rendus de l'époque : « ... Margaret, lentement, enleva ses coûteux vêtements... et Mister Douglas-Home se mit à jouer pour elle, nue comme un ver... »

Suspense : Margaret prendra-t-elle un avocat ? Vu les extraits de certaines lettres, le seul juge possible est Barbara Cartland qui, à n'en pas douter, pourrait défaillir de jalousie à la lecture de phrases dignes de ses héroïnes (à moins que Margaret ne les lui ait empruntées ?) : « Notre amour a l'odeur passionnée du lilas et de l'herbe fraîchement coupée... »

Vous voulez en savoir plus ? Allez à Moscou consulter les archives du K.G.B. Les espions soviétiques auraient rassemblé documents, photographies et enregistrements aussi juteux qu'explosifs. Ils pensaient s'en servir au cas où une guerre aurait éclaté. En discréditant la famille royale, ils comptaient déstabiliser le pays.

Les membres de l'Entreprise, aujourd'hui, se passent très bien d'eux.

couronne à prendre

Kalle Kubok n'est pas british. Il a beau être le sosie du Cardinal de Mazarin, il n'a rien de français non plus.

Kalle Kubok est le président du Parti royaliste d'Estonie. Comme cet homme-là est logique avec lui-même, il rêve d'un royaume qui serait le royaume d'Estonie, avec un roi, posé comme une cerise confite au milieu d'un beau gâteau, qui s'appellerait Edward. Pas n'importe quel Edward, bien sûr. Kalle Kubok louche du côté du benjamin de Sa Majesté.

« Les Estoniens admirent la jeunesse libérée de la corruption soviétique, déclare-t-il comme s'il formulait une demande en mariage, et le Prince Edward est jeune » (mais est-il libéré ?).

Ça tombe bien : Edward, si on peut dire, a raté tous les examens de passage qui l'auraient intronisé roi du show business. Quitte un jour à jouer au roi, peut-être échappera-t-il au ridicule avec une vraie couronne sur la tête (et puis, ça ferait une épine de moins dans celle de sa maman).

« La presse estonienne, de chanter Kalle Kubok, en sirène vouée à séduire des polichinelles, est bien plus gentille et bien plus respectueuse que la presse anglaise. » Ce n'est sûrement pas elle qui rapporterait qu'Edward a réussi à charmer les Australiens en leur racontant des blagues « cochonnes ». Dommage. Quelle meilleure preuve qu'Edward a, malgré tout, une corde à son arc ?

Lloyd George a-t-il bien connu votre mère, par hasard ?

Kitty Kelley, tapageuse américaine à la plume en forme de gros sabot, prétend apporter ses lumières sur les origines de la Mamie du Royaume :

La reine mère ne serait pas écossaise, comme on l'a toujours admis, mais galloise !

« Il y a un mystère autour des circonstances de sa

naissance », avoue Michael Thornton, le biographe officiel de Sa Vieille Majesté (elle ne serait pas née à Walden Bury, les terres des Bowes Lyon, ses parents).

En fait, Henry VII, le premier Tudor à être roi, est la seule parenté galloise connue de la reine mère. Mais Kitty Kelley s'en fiche ! La seule chose qui excite ses neurones de coprophage est la forte amitié qui liait les Bowes Lyon à Lloyd George, chef d'un cabinet de coalition sous George V, gallois, et grand queutard devant l'Eternel !

Honni soit qui mal y pense ? Kitty Kelley s'en fiche aussi, trop heureuse de soutenir l'insoutenable : la reine mère serait la fille de Lloyd George !

Un biographe de malheur n'arrivant jamais seul, un Mister De-La-Noy (ce n'est pas un pseudonyme), s'attaque à elle avec la violence d'un braqueur :

Uppercut du droit : mère peu dévouée, elle aurait été un glaçon avec ses deux filles.

Uppercut du gauche : elle aurait du mal à supporter les handicapés, et puis elle n'aimerait pas tant que ça les gens de couleur.

Direct au foie : révulsée par les contacts étroits que la Princesse de Galles entretient avec sidéens et autres malades, elle serait jalouse de la popularité de Diana.

Cela dit, il n'y a que l'âge qui fait flageoler les jambes de la vaillante mamie, soutenue, si besoin est, par ce qu'elle appelle « sa brigade de tricoteuses », une cour de vieux messieurs plus délicats que des violettes — « véritables fées » suivant une

expression anglaise ou « folles tordues » en termes
gaulois — ce qui fera dire à la Reine Elisabeth, lors
d'un scandale auquel sont mêlés ces messieurs et
des Horse Guards : « On raconte que mes gardes
ont des fées collées au derrière. »

Des membres de l'ex-Monty Python ont aussitôt
créé « La Société Royale protectrice des Fées ».

La reine mère leur accorde-t-elle son gracieux
patronage ?

souvenirs à vendre

Albion en est rouge de honte : costume de V.R.P.
endimanché sur le dos, le Prince Michael de Kent
cousin de la reine, se transforme en bonimenteur
de foire sous les yeux ronds comme des dollars de
millions de téléspectateurs américains.

N'imaginez pas que ce soit pour faire rire, ou
après un pari perdu, le prince affronte les caméras
pour vendre (en direct et par correspondance). Vendre quoi ? Les reproductions d'objets usuels, y
compris les plus insignifiants, appartenant à la Maison des Windsor.

Pour tous les goûts ! A la portée de toutes les
bourses ! Une ménagère du fin fond de l'Alabama
va ainsi pouvoir se commander un sachet de thé du
Savoy pour 3 livres seulement (27 francs, c'est
donné) ou, pour peu qu'elle soit prise par la folie
de grandeurs royales, un sofa recouvert d'un tissu
à fleurs sur lequel la veinarde aura la sensation de
poser des fesses tout aussi royales. Pour combien ?

1 300 livres ! (12 500 francs environ, qui dit mieux ?)

Puisque Michael de Kent se révèle un aussi bon vendeur, pourquoi n'essaie-t-il pas aussi de brader sa femme, pie-grièche attifée en oiseau de paradis, et membre le plus impopulaire de l'Entreprise ?

La Princesse Michael (née von Reibniz) — « elle se croit plus royale que nous », dirait la reine à son sujet — est si fière de son ascendance que des fouines des tabloïds s'y intéressent de très près et découvrent très vite que le père de la gente dame n'a pas été insensible au charme terrassant d'Hitler !

N'écoutant que son patriotisme, l'équipe de « Spitting Image » représente aussi sec Sa Royale Vanité en uniforme de SS, un bras agrippé à l'autre pour réprimer le réflexe d'exécuter à tout bout de champ le salut hitlérien.

Les affaires restent les affaires.

Avis aux amateurs : Elisabeth II, plus fourmi que cigale (elle a la réputation de se ruer de pièce en pièce, à travers Buckingham Palace, pour éteindre les lumières), loue, sur ses terres de Sandringham, dans le Norfolk, une bâtisse en bois de chêne pour fêtes et banquets — à raison de 17 livres 50 pence par personne (67 francs environ) — dis-moi, Lucienne, pour la communion de la petite ?...

Des amateurs, il va être plus difficile d'en trouver si on met en vente, comme le préconise Mo

193

Mowlam, ministre de la Culture du Cabinet fantôme travailliste, Buckingham Palace ! Et tant qu'on y est : le château de Windsor !

L'Entreprise relogée dans un H.L.M. ? Non pas. Mo Mowlam la voit évoluer dans un nouveau palais qui ressemblerait au Centre Pompidou.

La Monarchie sera moderne ou ne sera pas.

vive la présidente !

Un sondage révèle que sur cent députés travaillistes, 44 sont républicains. Les autres ? Ils estiment que l'avenir de la Monarchie devrait être décidé par référendum.

Qui donc 32 % des Anglais aimeraient élire à la tête de leur République si un jour ils en ont une ? La Princesse Anne ! Pourtant, remarque Alan Clark, ancien ministre conservateur de la Défense, la promotion d'Anne (par sa mère) au rang de Chevalier de la Jarretière, l'ordre de chevalerie le plus élevé, n'a pas dépassé 1,6 sur l'échelle de Richter de l'émotion publique.

Quelle importance ? résume Alan Clark. Les Chevaliers de la Jarretière n'ont d'autre fonction que celle de se déguiser en chevaliers de temps en temps.

Que sera la Royauté si ses membres cessent de se déguiser en princes et princesses d'opérette pour une majorité de badauds ?

Affaire à suivre...

Allez !

Kiss me, Hardy * !

---

* Les derniers mots prononcés par l'amiral Nelson à la bataille de Trafalgar, avant de mourir, au capitaine Sir Thomas Hardy.

TABLE

Propos avant sans marche arrière   9

La politique ? Demandez le programme !   11

Ce qu'il faut ? Une bonne correction politique ! . . .   53

L'éducation ? Un mot très périmé   79

Un peu de sexe, peut-être ?   93

La justice ? Présentez-moi donc ! 101

La santé ? Ça ne va pas fort ! 115

La culture ? Demandez le ministère de la rigo-
lade 129

Heureusement il y a les animaux 151

La religion ? Quelle religion ? 161

Et Dieu dans tout ça ? Qu'il sauve la reine ! 173

Achevé d'imprimer en avril 1995
sur presse CAMERON
dans les ateliers de B.C.I.
à Saint-Amand-Montrond (Cher)
pour le compte des éditions Grasset
61, rue des Saints-Pères, 75006 Paris

N° d'Édition : 9734. N° d'Impression : 843-4/209.
Dépôt légal : avril 1995.
Imprimé en France
ISBN : 2-246-48271-2